El Casamentero
Libro Cinco

Un Buen Caballero

Reglas de Refinamiento

Summer Hanford

Traducido por Santiago Machain

Reglas de refinamiento

Los nobles no siempre son honorables... pero un rufián siempre es encantador.

En una estrecha callejuela de la ilustre Charlotte Square de Edimburgo, se alza una casa adosada que no es tan impresionante como las residencias cercanas, pero sigue siendo un lugar de distinción. El patio que da a la calle mantiene un aire de tranquila dignidad, mientras que la privacidad está asegurada por una puerta de hierro forjado. Esta casa es la Escuela para Señoritas de Lady Peddington y es propiedad de Lady Honoria Peddington, quien la dirige.

Las chicas que tienen la suerte de asistir a la academia son instruidas en todos los aspectos del comportamiento adecuado, haciendo hincapié en la importancia de una conducta y apariencia agradables, la gracia y los buenos modales, las habilidades que necesita una dama para llevar una casa grande y acomodada y, por supuesto, la necesidad y las ventajas de una reputación impecable. El escándalo, se advierte a las chicas, debe evitarse a toda costa.

La propia reputación de Lady Peddington es la mejor, y todo Edimburgo la considera irreprochable. Es especialmente apreciada por los mercaderes acomodados y la pequeña burguesía que vive en la periferia de New Town, donde dirige su escuela. Estos clientes aprecian su habilidad para encontrar maridos adinerados para sus hijas. Nadie sospecha que sus conocimientos sobre los hombres provienen de la época en que no era Lady Honoria Peddington, sino simplemente «Honey Pedding», y regentaba un próspero burdel de Glasgow.

Esas habilidades, aunque secretas, le siguen sirviendo, ya que cuando los famosos bailes de graduación de su escuela no logran conseguir maridos adecuados para algunas de sus chicas más animadas, aparecen otros caballeros, deseosos de aceptar a estas joyas como amantes mimadas. Así que, sea cual sea la inclinación del corazón de una chica, la Escuela de Señoritas de Lady Peddington garantiza la felicidad para todas.

Un Buen Caballero

Capítulo Uno

Al final de cada temporada, la Escuela para Señoritas de Lady Peddington no realizaba uno, ni siquiera dos, sino cuatro bailes en un período de cuatro semanas. Si una joven no lograba conocer al hombre de sus sueños en ese periodo de tiempo, bueno, más le valía que un hombre estuviera esperándola en casa, porque cuatro era el límite más que generoso de la escuela. Para consternación de la señorita Emilia Glasbarr, el primero de estos bailes estaba llegando a su fin y ella seguía sin tener un pretendiente.

Emilia se acurrucó cerca de la mesa de refrescos y trató de desentrañar la escena que tenía ante sí. Muchas de las jóvenes, ciertamente las que ya tenían compromiso, se habían retirado por la noche. Las que quedaban se comportaban con una falta de decoro que a Emilia le resultaba moderadamente chocante. Se quitaron los guantes. Se oyeron carcajadas, y no risitas educadas. Los lacayos habían aparecido para apagar la mayoría de las velas, dejando el vasto salón de baile envuelto en una vacilante penumbra. Lo más desconcertante era que los pocos instructores que aún las acompañaban se hacían la vista gorda. Solo la desesperación de Emilia por no vivir el resto de sus días como una señorita de pueblo la mantenía allí. Normalmente, se retiraría de una escena así.

Comenzó un vals y Emilia ahogó un grito. Ninguna joven respetable bailaba el vals. Se lo habían enseñado en la misma escuela en la que estaba. Los caballeros se acercaban a las damas.

Angustiada por el alboroto que tenía ante sí, Emilia se apartó de las figuras que se arremolinaban. Tragó, con la garganta seca, y buscó un vaso de ponche.

El trago que tomó ardió durante todo el trayecto, estaba mezclado con alguna espirituosa fuerte. Levantó los ojos incrédulos hacia la mujer que supervisaba la mesa del ponche, su instructora de etiqueta, y recibió un guiño. Desconcertada, Emilia se dispuso a rodear el borde de la sala, sin saber qué hacer con el vaso que sostenía. Dejar el ponche ahora sería de mala educación, pero no se atrevió a beber más. El único trago ya la había dejado mareada.

Un caballero se acercó a ella. Emilia bajó la mirada con recato. Sabía quién era, ya que la escuela guardaba miniaturas de toda la nobleza local, y sabía que no estaba allí para buscar esposa. Ya estaba casado. Solo podía suponer que había venido para apoyar a la escuela, para ayudar a las alumnas de Lady Peddington a practicar el arte del baile en un compromiso social real, no bajo la mirada de un instructor.

Reprimió un suspiro de decepción por el hecho de que un caballero elegible se negara a aparecer, ya que las damas bien educadas no suspiraban, y se inclinó hacia la pared para dejarle espacio para pasar sin interferir con las bailarinas. Se detuvo sorprendida cuando él se puso delante de ella. Su perfume, demasiado fuerte, le asaltó las fosas nasales. El ponche cayó sobre sus dedos enguantados. Su rostro se acaloró ante su torpeza.

Sus ojos se desviaron hacia el vaso por un momento.

—Veo que estás tomando el famoso ponche de medianoche de Lady Peddington—Su acento era urbano. Unos ojos oscuros la miraron desde su aceitado cabello castaño.

—¿Ponche de medianoche? —repitió ella, confundida.

—No hace falta hacerse la tímida. Me encanta el brebaje especial de medianoche de Lady Peddington, y una muchacha que lo bebe—Se inclinó hacia delante mientras hablaba y utilizó los quince centímetros de altura que le llevaba para mirar por la parte delantera de su vestido de muselina blanca.

El rubor de Emilia se intensificó.

—Solo he bebido un sorbo—Casi se atragantó con su propia inanidad, pero ¿qué se podía decir ante esa afirmación, o esa mirada? No se estaba comportando como les habían enseñado que los hombres se comportarían, mucho menos los miembros casados de la nobleza.

—Deberías beberlo todo entonces, querida niña—Rodeó su mano con la de ella y le acercó el vaso a los labios.

Emilia estaba demasiado sorprendida por su mano en la suya como para protestar. Se atragantó cuando el fuerte ponche cayó en su boca, pero se lo tragó todo, pues difícilmente se podía escupir a un vizconde.

—Así está mejor—dijo él cuando el vaso estuvo vacío. Le limpió las comisuras de la boca con el pulgar enguantado.

Emilia lo miró con ojos tan abiertos como platos.

—Mi señor,—consiguió jadear.

Él tenía una sonrisa de satisfacción.

—¿Así que sabes quién soy?

—En efecto, lo sé, lord Ailbeart, pero estoy segura de que nunca nos hemos visto, y desde luego no nos conocemos lo suficiente como para que me ponga las manos encima.

Él levantó sus gruesas cejas.

—¿No es así? ¿Quizás te gustaría un poco más de ponche?

—Desde luego que no.

La habitación ya había comenzado a dar un suave giro. Emilia rara vez probaba el vino, y había comido poco, nerviosa por el baile. Lo que había en el ponche, y sospechaba que era whisky, se le había subido a la cabeza.

Lejos de parecer ofendido por su réplica, el vizconde sonrió. Sus dedos le rozaron la mejilla mientras tiraba de uno de sus rizos amarillos antes de dejar que volviera a su sitio.

—Eres animada, ¿verdad? Esta vez quiero una amante enérgica. La última estaba demasiado bien entrenada. Una dama puede ser demasiado pulida.

Emilia se sintió doblemente molesta por haber consumido el ponche, pues no tenía nada que echarle en cara.

—¿He oído que ha sugerido que sea su señora, mi señor?—gritó. No se había gastado toda su dote en terminar la escuela para convertirse en el juguete de este hombre.

—Sabía que había elegido a una buena en ti— Su sonrisa era de suficiencia.

Emilia la miró a través de sus ojos avellana entrecerrados.

—¿Elegido?

—Sí. Les dije a los otros compañeros que se mantuvieran alejados de esa belleza de cabello dorado. Es mía—Habló en un tono cálido, casi dulce, como si elogiara a su mascota favorita. Su mirada la recorrió.

Emilia respiró con fuerza, demasiado ofendida para sentirse avergonzada.

—No creo que le corresponda decir eso, mi señor.

—Pero lo es, y desde que lo he hecho, nadie más se atreverá a bailar contigo—Acortó la distancia entre ellos, su voz baja repentinamente bordeó de malicia—. Y cuando te encuentres sola al final del cuarto baile, con la posibilidad de elegir entre una buena casa en el corazón de Edimburgo o regresar a cualquier oscuro rincón del campo por el que te arrastraste, te darás cuenta de que ser mi posesión más preciada es más deseable.

La sujetó por la nuca, la tiró hacia delante y la besó. Fue un beso breve y áspero que la dejó tambaleándose mientras él se alejaba. Emilia estaba atónita. Miró alrededor de la habitación, pero nadie parecía haberse dado cuenta. Mortificada, con la respiración agitada, huyó del salón de baile.

Emilia se sujetó la falda con las dos manos para que el dobladillo no cayera al suelo y corrió por los oscuros pasillos de la escuela de Lady Peddington. El hedor del perfume del vizconde Dunreid se apoderó de ella. No sabía a dónde iba hasta que atravesó la puerta del aula de dibujo, la sala donde siempre se sentía más feliz. Para su alivio, la señora Millview, la profesora de dibujo, estaba allí.

—¿Señorita Glasbarr?—La señora Millview se levantó de su silla—¿Qué ocurre? ¿Qué está haciendo aquí? Es más de medianoche.

Cruzó la habitación entre tambaleos hacia su instructora.

—Lord Ailbeart, es decir, el vizconde Dunreid me ha besado—soltó ella—. No quería que lo hiciera, pero lo hizo—Se echó a llorar.

La señora Millview se acercó y envolvió a Emilia en un cálido abrazo.

—Ya, ya, mi querida niña—murmuró—. No deberías estar levantada después de medianoche. No eres así. Ha habido un error.

Emilia resopló.

—¿Un error?—¿La medianoche significaba algo?—No lo entiendo.

La señora Millview sacudió la cabeza con ojos comprensivos en su larga cara.

—No es nada, niña, nada en absoluto. Solo que deberías retirarte antes en el próximo baile, para evitar este tipo de cosas. Los caballeros tienden a descontrolarse en las últimas horas.

—¿Lo hacen?—Emilia se apartó. Se limpió las mejillas con los talones de las manos.

—Por supuesto—La señora Millview le dedicó una suave sonrisa—. A partir de ahora bailas las danzas apenas empieza a caee el sol y te retiras antes de medianoche, y olvidas que este incidente con Lord Ailbeart ha ocurrido.

—Pero no puedo—gritó Emilia—. Nadie quiere bailar conmigo. Ni un solo caballero lo ha pedido. Lord Ailbeart dijo que les advirtió que se alejaran porque voy a ser... a ser...   —No pudo decir en voz alta lo que él le había propuesto—¿Qué voy a hacer? Convencí a mis padres de que me dejaran usar el dinero de mi dote para venir aquí. Les dije que un hombre preferiría una novia culta antes que una con una pequeña suma. No quiero volver al campo. Quiero permanecer aquí, donde hay música y arte.

El ceño de la señora Millview se arrugó, su mirada era de compasión. Emilia echó un vistazo a la habitación casi a oscuras. ¿Por qué estaba la señora Ailbeart en su aula a esas horas? Observó el escritorio. Los troncos de las velas iluminaban los recibos y las páginas llenas de filas de números.

La señora Millview siguió su mirada. Dejó escapar un suspiro y se pasó una mano por los ojos cansados.

—Sí, todos debemos preocuparnos por nuestros fondos, niña.

Una preocupación de otro tipo se apoderó de Emilia. La señora Millview era una buena persona, y su instructora favorita.

—¿Hay algo que pueda hacer?

—¿Hacer?—La señora Millview negó con la cabeza—No. Estaré bien, mientras mantenga mi lugar aquí—Apretó los labios en un ceño fruncido y arrastró su mirada desde su escritorio, de vuelta a Emilia—. Me gustaría ayudarte, niña. No eres tú quien debería haber llamado la atención de Lord Ailbeart. Sospecho que el problema es tu belleza, no es que puedas evitarlo.

Emilia parpadeó. ¿Belleza? Sabía que no tenía defectos obvios en su apariencia, pero no creía que tuviera la suficiente belleza para llamar la atención, especialmente de un vizconde.

—¿Puedes ayudarme?—Su voz se entrecortó ante la esperanza que surgió en su interior.

La señora Millview volvió a mirar sus páginas de números. Asintió bruscamente y dijo:—Puedo, pero debes prometer que no se lo dirás a ninguna de las otras chicas. No puedo perder mi lugar aquí. No soy lo suficientemente joven ni hermosa para abrirme camino si lo hago.

—Lo prometo—dijo Emilia con entusiasmo—. Por favor, ¿qué puedo hacer? Simplemente quiero casarme con un hombre amable. No necesito un título, ni riqueza, ni mucho de nada, en realidad. Solo un caballero que viva en la ciudad.

—¿No se lo dirás a esas tres amigas tuyas?—La señora Millview la miró con astucia—Sé lo inseparables que sois las cuatro, y sospecho que pueden estar en el mismo barco. Debes prometer que no les dirás lo que te voy a revelar, niña. He venido a cuidarte, pero una mujer sola en este mundo debe cuidar de sí misma.

Emilia mordió una aceptación apresurada. Todas sus amigas se habían retirado antes como, aparentemente, lo hacían las mujeres jóvenes decentes. Se habían desanimado porque también les faltaban admiradores. ¿Podía ella entregar a alguna de ellas a hombres como Lord Ailbeart?

Respiró. No podía, pero encontraría la manera de ayudar sin romper la confianza de la señora Millview.

—Prometo que no se lo diré a las otras jóvenes, ni siquiera a mis amigas.

La señora Millview sonrió aliviada.

—Bueno, entonces, esto debería ayudarte—Se dirigió al escritorio, sacó una hoja limpia y comenzó a escribir.

Emilia la siguió. Miró por encima del hombro de la señora Millview para ver la dirección elegantemente escrita y un nombre: "Sir Stirling James", leyó en voz alta.

La señora Millview se volvió para ofrecerle la página.

—Sí. Le llaman El Casamentero. Si alguien puede ayudarte, es él—Su rostro se volvió severo, como cuando Emilia intentaba algo menos que su mejor trabajo—. Pero no olvides tu promesa.

—No lo haré, señora Millview—Emilia dobló la página por la mitad—. Gracias.

—Eres una buena niña—dijo la señora Millview—. Demasiado buena para los gustos del Vizconde Dunreid. ¿Puedes llegar bien a tu habitación?

Emilia pensó en los pasillos vacíos. Nadie la había detenido en su camino hacia el aula. Asintió con la cabeza—Puedo—Le dio un rápido abrazo a la señora Millview—. Gracias. Me ha salvado y no se lo diré a las demás.

La señora Millview suspiró y sacudió la cabeza.

—Espero que no, niña, de verdad.

Emilia salió con el corazón más ligero que había tenido en horas. Tomó el camino de vuelta a su habitación, agradeciendo que los pasillos y las escaleras estuvieran tan felizmente vacíos como esperaba. Mientras caminaba, formuló un plan. Escribiría a Sir Stirling James ahora, antes de acostarse. Le hablaría de su situación, e incluiría un pequeño retrato que había hecho de sí misma, por si realmente era tan bonita como decía la señora Millview.

De hecho, también incluiría retratos de sus tres amigas y le rogaría que las ayudara a todas. La señora Millview le había hecho jurar que no le contaría a ninguna de las otras chicas sobre Sir Stirling James. Eso no significaba que Emilia no pudiera hablarle de ellas. Sonrió al llegar a la seguridad de su habitación y encendió una vela, satisfecha con su plan.

Capítulo Dos

ROBERT BANBROOK SE SENTÓ SOLO en una mesa de su club, con la mirada fija en un vaso medio vacío de whisky. Lo único bueno de Escocia, en lo que a él respecta. Una ventaja, pues, sobre Inglaterra. Los irlandeses tenían whisky irlandés, los escoceses tenían whisky escocés. ¿Qué ofrecía Inglaterra a un hombre para ahogar sus penas? Ginebra. Robert se estremeció al pensarlo. Tragó el resto del vaso para disipar el recuerdo de esa cosa repugnante.

—Pareces un poco enfermo, Banbrook—dijo una voz jovial. Una inmensa mano le tocó brevemente el hombro.

Robert apartó la vista de su vaso vacío y entrecerró los ojos para enfocar a Sir Stirling James. Stirling sacó una silla y se sentó a la mesa.

—Me siento estupendamente bien, Stirling, te lo puedo asegurar—Robert intentó alcanzar la jarra casi vacía que tenía ante sí. Falló una vez, pero la alcanzó al segundo intento. Mostró una sonrisa a Stirling, orgulloso de su éxito—¿Lo ves? Está muy bien— repitió Robert.

El líquido se derramó sobre sus dedos, él miró hacia abajo. El whisky brotaba de la boca de la jarra de cristal y caía sobre la mano que sujetaba el vaso. Frunciendo el ceño en señal de concentración, inclinó la botella para que entrara más en el vaso.

—Me alegro de oírlo, Banbrook, porque me preocupaba que te hubieras pasado los últimos tres días en este club bebiendo hasta morir—Stirling levantó un brazo y saludó. Un lacayo se apresuró a traer un paño para absorber el licor derramado.

—Oh, lo he hecho. Lo estoy haciendo—Robert ofreció una sonrisa, aunque apenas podía sentir su cara.

—¿Supongo que este esfuerzo mal concebido tiene que ver con cierta joven dama? —pregunto Stirling mientras el lacayo fregaba el derrame.

—Tú, Geoffrey, tráeme otra botella—dijo Robert al lacayo. Se volvió hacia Stirling—. Usas la palabra dama con ligereza.

—Lo pongo en duda—Stirling señaló con la cabeza al lacayo—. John ignorará tu petición—Stirling subrayó el nombre del hombre—. Todo el personal lo hará. He hecho que no te sirvan más.

Robert soltó una maldición entre dientes. El lacayo se marchó sin mirarle. De una mirada comprobó que no había otros cerca.

—¿No puedes dejarme beber hasta morir en paz? —preguntó Robert. Entornó los ojos hacia el caballero mayor—Usted solía ser divertido—Dejó caer su bebida y se dio cuenta de que había logrado servir muy poco whisky en su vaso.

—Oh, tengo planeado algo divertido, no temas—Stirling se levantó y volvió a hacer un gesto.

Se oyeron pasos detrás de Robert. Él estiró el cuello en un esfuerzo por ver quién se acercaba. Dos de los lacayos más corpulentos, con la cara puesta, se dirigían hacia él. ¿O había uno y lo estaba viendo dos veces? Parpadeó varias veces, pero ninguno de los dos desapareció.

Unas manos grandes le sujetaron los brazos y le levantaron de la silla. Al menos cuatro manos, así que al menos dos de los compañeros, entonces. ¿O eran tres? El vaso vacío se le escapó de las manos y cayó sobre la mesa con un golpe seco.

El sonido atrajo su atención mientras los hombres lo ponían de pie. Triste vaso vacío. Todo lo que quería era cumplir su deber con él. Tan leal. No como las mujeres.

Stirling apareció a su lado, balanceándose como una goleta azotada por la tormenta.

—¿Qué te parece, Banbrook, puedes caminar?

Robert se sacudió las manos y se enderezó.

—Desde luego que puedo. ¿Por quién me tomas?

Levantó la barbilla, intentando mirar fijamente a Stirling, pero su barbilla no se detenía. Subía y subía. La cabeza de Robert se inclinó hacia atrás. Nunca se había tomado el tiempo de contemplar bien el techo de su club. Uno siempre pasaba por alto los detalles.

Cuatro manos lo sujetaron y lo volvieron a poner en pie cuando empezó a desplomarse hacia atrás. Stirling, que seguía balanceándose, parecía muy divertido. Hizo un gesto y las manos empezaron a medio caminar, medio llevar a Robert.

Las caras de los demás caballeros del club se movían en una lenta espiral a su alrededor mientras cruzaban la sala. La mayoría se volvió hacia él. Las expresiones iban desde la simpatía hasta el asco. Robert habría tomado buena nota de quiénes eran estos últimos, pero los nombres de sus compañeros estaban extrañamente ausentes de su cerebro. Quizá todos se llamaban Geoffrey. La idea le dispuso a reír, pero no quiso divertir más a Stirling.

Las manos no lo echaron del club, como él esperaba a medias, sino que lo llevaron a las escaleras y a una de las habitaciones privadas, amueblada con una cama, un escritorio, sillas y una mesa. En el interior había también una gran bañera llena. Tuvo el suficiente sentido común para preguntarse por qué no salía vapor de la bañera antes de que lo levantaran y lo metieran, completamente vestido, en el agua fría.

Conmocionado, se deslizó bajo el agua. Salió a la superficie jadeando. Un parpadeo rápido hizo que Stirling apareciera junto a la bañera. Robert soltó un chorro de improperios. Stirling hizo un gesto. Una gran mano se posó sobre la cabeza de Robert y lo volvió a sumergir, para luego dejarlo subir inmediatamente.

—¿Ya te sientes mejor?—preguntó Stirling cuando la cabeza de Robert volvió a salir a la superficie.

—Maldito, cara de rata, hijo de...—Un gesto de Stirling. Robert volvió a sumergirse en el agua. Sacudió la mano, pero no permaneció en su cabeza el tiempo suficiente para golpear. Se impulsó hacia la superficie, escupiendo agua—¿Quieres matarme?

Stirling lo miró, con los brazos cruzados y una expresión contemplativa.

—Pensé que la muerte era tu objetivo.

—Sabes muy bien que no lo es, loco. Esta agua está condenadamente fría.

—Aquí en Escocia la llamamos refrescante.

—Bueno, soy un maldito inglés y no me gusta que me sumerjan en un abrevadero—Robert se pasó una mano por la cara, quitando el agua—. ¿A qué estás jugando, Stirling?

—¿Jugando?—Stirling negó con la cabeza—No. Tengo que pedir un favor, en realidad.

—¿Un favor?—Robert se quedó boquiabierto. Se puso de pie. El agua le caía por el cabello, el abrigo, el corbatín aplastado, por todas partes—¿Esto es pedir un favor?

—Necesito que estés lo suficientemente lúcido como para comprender mis palabras—El tono de Stirling era razonable, pero la diversión acechaba en sus rasgos.

Robert murmuró unas cuantas maldiciones mientras se acercaba al borde de la bañera. El agua se deslizó por el suelo. Uno de los lacayos se puso inmediatamente a limpiarla. El otro le ofreció a Robert una toalla, con expresión neutra.

Robert tomó el paño que le ofrecían y se limpió la cara.

—Mira lo que le has hecho a mi chaqueta. Mi chaleco—Dejó escapar otra maldición—. Mis botas, hombre. Mira lo que le has hecho a mis botas.

—Ponlas junto al fuego. John se llevará tu ropa y la arreglará.

Robert se giró para contemplar la alegre hoguera. Ahora que su visión era más clara, también se dio cuenta de que había un conjunto de ropa tendida, así como un camisón y una bata. Su ropa. Su camisón y su bata.

Lanzó a Stirling una mirada incrédula.

—¿Has estado en mi residencia?

—Sí. Tu personal está bastante preocupado por ti. Hace tres días que no te ven.

Robert sacudió la cabeza, desconcertado. Cruzó hacia el fuego y comenzó a desnudar su esbelto cuerpo. Stirling ordenó retirar la bañera y fregar el suelo. Robert se despojó de su empapado atuendo.

Después de secarse con una toalla, se puso la bata. Su intención original había sido vestirse, pero el cansancio se había apoderado de él. ¿Qué sentido tenía vestirse, después de todo? Una vez que escuchara a Stirling y lo mandara a paseo, Robert podría volver a beber con la misma facilidad en una sala privada en bata que en la sala pública, vestido.

Se abrochó la bata, se dejó caer en un sillón y apoyó los pies en un taburete cercano. Observó con poco interés cómo los sirvientes recogían sus prendas mojadas, absorbían los últimos restos de agua y desaparecían. El sillón estaba cerca del fuego, el calor lo arrullaba. Sus ojos se cerraron.

—Ahora, sobre ese favor.

Robert se obligó a abrir los párpados para encontrar a Stirling sentado al otro lado de la chimenea.

—La respuesta es no—murmuró Robert.

—Todo lo que necesito es que asistas a tres bailes.

—¿Bailes? ¿Con baile?—Robert frunció el ceño—¿Con damas?

—Así suelen ser los bailes—Stirling apoyó los codos en los brazos de la silla y empinó los dedos ante él.

—No puedo. He renunciado a las mujeres. Para siempre. No más—Robert sacudió la cabeza y luego se arrepintió del movimiento cuando la habitación rebotó—. No voy a ser plantado por tercera vez, y ciertamente no de nuevo en Escocia. Me voy.

—¿Oh?—Stirling enarcó una ceja—Vuelves a Londres, ¿verdad?

Robert apartó la mirada de aquellos ojos perspicaces. Nunca podría volver a Londres. Cada centímetro de la ciudad le recordaba a Cinthia.

—Tal vez al continente. Quizás incluso a Francia.

—¿Francia? ¿Pretendes que te disparen?

Robert se encogió de hombros.

—Al menos en Francia, cuando un hombre es plantado, puede ahogar su pena en coñac.

Stirling le observó por encima de sus dedos empinados.

Robert resistió el impulso de retorcerse bajo esa mirada.

—O podría andar por Edimburgo durante un tiempo. No tengo nada contra Escocia, solo contra las mujeres.

Con un suspiro, Stirling llevó las manos a los brazos de la silla.

—La señorita Thomas hizo lo correcto al romper contigo.

Robert se puso rígido.

—¿Qué has dicho?

—Kitty Thomas hizo lo correcto cuando rompió el compromiso.

La ira se arremolinó en el interior de Robert.

—Cualquiera puede ver que todavía estás enamorado de Cinthia.

La ira de Robert desapareció como la lluvia de verano. Cinthia. La verdadera razón por la que había venido a Escocia. Durante dos años habían estado comprometidos. En Londres eran el pan de cada día. En todos los bailes, en el teatro, en el parque. Siempre juntos. Felizmente, mientras esperaban que el padre de ella regresara de su nombramiento gubernamental en la India para poder casarse.

Entonces llegó Lord Ailbeart, con título escocés. La sedujo con su linaje. Susurrando que estaba destinada a ser miembro de la nobleza, Lady Cinthia, Vizcondesa Dunreid. No simplemente la señora Banbrook.

Tonto como era, Robert no se había preocupado. Había creído en ella. Creía en su amor. Hasta la mañana en que llamó y se enteró de que ella se había ido a Escocia, no tuvo idea de que el vizconde Dunreid había tenido éxito en su conquista.

Se pasó una mano por los ojos, cansado.

—¿Qué buscas, Stirling? He oído rumores sobre tu nuevo juego, la búsqueda de pareja—Miró al otro hombre—. No estoy buscando otra mujer a la que proponerle matrimonio. Dos veces fue suficiente.

Stirling se recostó en su silla, con una expresión demasiado inocente para serlo.

—Lo último que quiero hacer es ilusionar a alguna pobre chica con una presentación tuya. Hasta que no superes a la vizcondesa Dunreid, no eres apto para ninguna mujer—Sacudió la cabeza—. No, simplemente necesito que ayudes a cierta joven señorita a esquivar a un caballero agresivo el tiempo suficiente para encontrar un buen marido.

Robert frunció el ceño.

—¿Evitarlo? ¿No quiere casarse con ese caballero? Al menos es lo suficientemente inteligente como para darse cuenta de ello.

—Sí, parece una dama inteligente, pero creo que la cuestión clave es la oferta del caballero en cuestión. La desea, pero no tiene intención de convertirla en su esposa.

—Así que, un canalla que no es bueno y que es capaz de empañar la reputación de una joven. Ya veo. Ella necesita protección, entonces, no una de tus bodas rápidas—Analizó a Stirling—. ¿Por qué no ayudas tú a la chica?

—Podría, supongo, pero no querría privarte del honor, ni de la diversión. Cualquiera puede ver que necesitas un poco de distracción.

Robert supuso que había algo de verdad en eso. Sin embargo, «Acompañar a una joven señorita a los bailes» no suena especialmente divertido. Sonaba doloroso.

Una sonrisa astuta se formó en el rostro de Stirling.

—Oh, me atrevo a decir que acompañar a esta joven señorita es justo lo que necesitas. Eso, y un poco de venganza.

Se inclinó hacia adelante en su silla.

—Verás, Banbrook, Dunreid quiere a la joven para su amante. Tú, amigo mío, vas a salvarla.

Capítulo Tres

Emilia se paró a un lado del vestíbulo bañado por la luz de las velas de la Escuela de Lady Peddington. Estudió los paneles de madera tallada y se esforzó por proyectar una serena confianza. Sabía que era impropio, quizás incluso descarado, acechar a un hombre en el vestíbulo, pero no se atrevía a entrar en el salón de baile sin su protector.

No tenía ninguna duda de que él llegaría. Esa tarde, una de las criadas del colegio, Mary, había entregado un ramo de flores rosas en la habitación de Emilia. Con las flores había una nota que decía: «Llévalas en el cabello esta noche» - SS. Como había enviado un boceto de sí misma, las flores eran un insulto a sus habilidades artísticas, pero un insulto que se tragaría de buena gana para tener a alguien a su lado que evitara otro beso del vizconde Dunreid.

Cada vez que el mayordomo con cara de piedra del colegio abría la ornamentada puerta principal para admitir a más caballeros, la esperanza la recorría. Cualquiera de ellos podía ser su salvador, Sir Stirling James. Cada vez que dicho caballero pasaba sin detenerse, su corazón se desplomaba.

¿Se lo había perdido? Más temprano, Emilia había visto al vizconde Dunreid mientras subía los escalones y se metió en el guardarropa, para sorpresa de los lacayos. No se atrevió a salir durante unos largos momentos, hasta que se guardaron varias capas, sombreros y abrigos. ¿Quizás Sir Stirling había entrado pisando los talones del vizconde?

Emilia acarició las flores de loto artísticamente dispuestas entre sus rubios tirabuzones y reprimió un suspiro. La afluencia de caballeros había disminuido, y ninguno se había acercado a ella todavía. Si había perdido a Sir Stirling, tendría que entrar en el salón de baile para buscarlo. Eso suponía el riesgo de que Dunreid la encontrara primero.

El mayordomo se apartó de la pequeña ventana por la que se asomó y abrió la puerta con una reverencia. Entraron cuatro caballeros más. Entregaron los abrigos, los bastones y los sombreros al lacayo, que se los entregó a otro, para que los colocara en el guardarropa, detrás de la puerta ingeniosamente oculta en el revestimiento.

La esperanza surgió en su interior cuando los hombres se volvieron para cruzar el vestíbulo. Emilia dejó caer su mirada recatada hacia el suelo de marquetería en un intento de hacerse ver, pero sin que nadie la notara. Después de todo, no quería atraer la atención equivocada.

Mantuvo la mirada baja cuando pasaron cuatro pares de zapatos lustrados. Ninguno se detuvo. Ninguno se volvió hacia ella. Los caballeros charlaban amablemente, evidentemente eran amigos. Las risas recorrieron el pasillo a su paso, seguidas de hilos de música. El baile había comenzado. En algún lugar del salón de baile, sus tres amigas más queridas probablemente se agrupaban, preguntándose por su extraño comportamiento de los últimos tiempos y su ausencia.

Una punzada de culpabilidad le apuñaló al pensar en ellas, vestidas con sus mejores trajes, agrupadas cerca de una pared con la esperanza de que un caballero las sacara a bailar. Sus tres amigas no habían recibido flores, y preguntar si habían recibido alguna otra ayuda suponía el riesgo de romper su promesa a la señora Millview. Como no estaba segura de poder presenciar la desesperación de sus amigas por la falta de pareja sin confesarse, las evitó.

—¿Se esconde de mí, señorita Glasbarr?—dijo una sedosa voz masculina detrás de ella.

Emilia se puso rígida. Dunreid. La había encontrado. Permaneció de cara a la puerta. Tal vez su postura rígida y su negativa a girarse lo desanimaran.

Se puso detrás de ella, demasiado cerca. Su perfume, demasiado fuerte, le hizo arder las fosas nasales. El calor de su cuerpo hizo que se le erizara la piel, como si las arañas pasaran de puntillas por sus hombros.

Miró a los sirvientes, pero se habían quedado quietos, con la mirada fija en el frente. Con una sensación de dolor en el corazón, se dio cuenta de que no podrían detener al vizconde, sin importar cómo decidiera atormentarla.

—Ya me has dado mucho más batalla que mi última querida—Exhaló las palabras contra la nuca de ella con un aliento caliente y pegajoso.

Emilia reprimió un escalofrío.

Un dedo enguantado se deslizó por su piel.

—Un cuello tan elegante no debería quedar sin adornos, y no lo hará una vez que seas mía. Mis bolsillos son profundos y no soy tacaño. Sé cómo recompensar a una mujer que me complace.

Se apartó para ganar el espacio que tanto necesitaba y se puso frente a él. Levantó la barbilla.

—Nunca le complaceré, mi señor.

Su sonrisa se deformó con condescendencia.

—Ya lo haces.

—No, alguna idea que tiene de mí lo hace, pero nunca lo haré—Ella mordió el honorífico que él claramente no merecía.

Su mirada se estrechó. Le buscó el brazo. Emilia dio un paso atrás. La expresión de Dunreid se volvió plana por el disgusto. Una larga zancada lo llevó hasta ella, con su muñeca capturada antes de que tuviera tiempo de retroceder más.

Detrás de ella, los sirvientes se movieron, pero no para acudir en su ayuda. Más bien hacia la puerta del vestíbulo, que pudo oír que el mayordomo abría. Rezó para que Sir Stirling entrara. Tiró de Dunreid. Sus esfuerzos solo sirvieron para reforzar su agarre.

Con una mirada de condescendencia en su rostro, la jaló hacia él.

—No olvides lo que te dije—Su voz era baja, con tonos de amargura y furia—. Nadie más te tendrá. No se atreverán a bailar contigo. No tienes elección. Soy yo, o ningún hombre.

—Entonces moriré como una solterona—siseó.

—Eso sería una pena—dijo una voz de hombre.

La mirada de Dunreid se dirigió a un punto sobre el hombro izquierdo de Emilia. En sus ojos parpadeó el desagrado. La soltó con un empujón. Emilia retrocedió con tambaleos. Unas manos fuertes la sujetaron por la cintura y la mantuvieron en pie. Se apartaron cuando un hombre se puso a su lado.

Con el corazón palpitante, Emilia miró a su salvador con recelo, casi temiendo apartar los ojos de Dunreid, no fuera que volviera a ponerle las manos encima. ¿Era finalmente Sir Stirling James, que había venido a salvarla? Desde luego, eso esperaba.

Era más alto que Dunreid por varios centímetros, y delgado. Incluso con el rabillo del ojo se dio cuenta de sus rasgos esculpidos, la impresión de ser de piedra se hacía más fuerte por la rigidez de su mandíbula. El corte de su cabello oscuro, más corto de lo que estaba de moda, le sentaba bien. En todo lo demás, desde el brillante alfiler de diamante de su corbata hasta su frac negro perfectamente confeccionado, era impecablemente elegante.

Dunreid hizo que sus labios se convirtieran en una especie de sonrisa.

—Banbrook, qué alegría verte. ¿Vienes a buscar a una joven para dejarla plantada? Otra vez.

¿Banbrook? ¿Ponerlo en aprietos otra vez? No es Sir Stirling, entonces.

—Esta vez no, Dunreid—La voz del señor Banbrook era tan dura como su semblante—. Simplemente he venido a frustrarte.

Hablaba con un acento inglés culto. No era de Edimburgo, entonces, se dio cuenta Emilia, como lo habría hecho cuando él habló por primera vez, si no hubiera estado fijada en Dunreid. Ella no tenía mucha experiencia con los ingleses, pero él mostraba más temperamento del que uno esperaba de ellos.

—¿Impedirme?—Dunreid resopló—Como si pudieras. Pónganos ante cien mujeres, y seré elegido sobre ti cien veces. ¿Por qué te propones un reto que seguramente perderás?

Emilia pudo oír al inglés rechinar los dientes.

—No ganaré ni perderé, simplemente salvaguardaré a esta joven de tus avances.

Dunreid levantó sus frondosas cejas.

—Eso ya lo veremos—Le tendió una mano a Emilia—. Señorita Glasbarr, venga a bailar conmigo.

Ella negó con la cabeza.

—No lo haré. Ni ahora ni nunca.

Aunque esperaba que se enfadara, Dunreid parecía divertido.

—Eso dices, pero pronto te darás cuenta de que un hombre con mi clase y mi título puede ofrecerte mucho más que el señor Banbrook aquí presente. Más de lo que jamás soñaste mientras pasabas las noches en tu enramada de doncella—Dejó caer su mirada hacia su escote.

Emilia se llevó una mano al pecho y de repente deseó que su vestido tuviera un escote más alto. La cara le ardía, pero mantuvo la barbilla alta.

—He dicho que nunca, mi señor, y quiero decir nunca.

Dunreid se encogió de hombros. Dejó caer la mano y volvió a dirigir su divertida mirada al señor Banbrook.

—Buena suerte con ésta. Tiene aún más fuego que Cinthia. Demasiado espíritu para gente como tú—Su sonrisa se volvió maliciosa—. Sé un buen tipo y mantenla entretenida hasta que esté listo para ella, como hiciste con Cinthia. Tienes práctica en eso—Se dio la vuelta y se alejó.

Emilia lo siguió con la mirada. ¿Qué significaban sus despiadadas palabras? Si recordaba bien, Lady Cinthia era la esposa del vizconde. ¿La conocía este señor Banbrook?

Emilia se volvió hacia su salvador para preguntarle, pero una mirada detuvo sus palabras.

Estaba tenso como una cuerda de arco, con las manos cerradas en un puño. Su expresión era asesina mientras observaba la forma en que Dunreid se retiraba. Aunque era bastante guapo, el señor Banbrook también daba algo de miedo.

Miró a su alrededor. Con la salida del vizconde, estaban solos en el vestíbulo de paneles ornamentales, a excepción de los inescrutables sirvientes. Tal vez Sir Stirling todavía vendría. Tal vez necesitaba que la salvaran de dos hombres, ya que el señor Banbrook parecía estar cerca de la violencia.

—¿Consideramos esto una presentación formal, entonces?—preguntó el señor Banbrook en tono neutro.

Emilia volvió a centrar su atención en él. La luz de las velas parpadeaba en una mandíbula fuerte. Los ojos que la miraban eran de un gris intenso y tranquilo. Parpadeó, casi convencida de que había imaginado su ira de hace unos momentos.

Él le ofreció una sonrisa de pesar.

—Me disculpo por dejar que Dunreid me irritara. Supongo que el odio desenfrenado no es la mejor primera impresión—Hizo una reverencia, con movimientos suavemente elegantes—. Soy Banbrook. Un amigo común me ha enviado para que le cuide en este baile, y en los dos siguientes, si me aceptas.

—Señor…—Se interrumpió y echó una rápida mirada a su alrededor. Los sirvientes no la habían defendido contra Dunreid, pero eso no significaba que no tuvieran corazón y no chismeasen—Es decir, ¿no va a venir? ¿Él te envió?—Aunque nunca había conocido a Sir Stirling, se sintió extrañamente desamparada.

El señor Banbrook señaló en dirección al salón de baile.

—Un baile de colegialas no es el tipo de lugar donde es probable que lo encuentres.

—¿Es el tipo de lugar en el que es probable que le encuentre a usted, señor Banbrook?

Una mirada de asombro cruzó el rostro de él. Se rio y los últimos vestigios de frialdad se desvanecieron de sus rasgos.

—No, no especialmente, señorita Glasbarr, pero estoy aquí ahora, y sería un honor dar una vuelta por la sala con usted y presentarle a cualquier caballero que conozca aquí. Es decir, los respetables—Le ofreció el brazo.

Como no tenía otra opción, Emilia apoyó ligeramente la mano en la manga de su abrigo, consciente de la dura fuerza que había bajo la suave tela. Sir Stirling no había venido, ni siquiera le había enviado un hombre para casarse. En cambio, había enviado al señor Banbrook, que parecía tener su propia relación, bastante antagónica, con el vizconde Dunreid. ¿Estaba el señor Banbrook allí para ayudarla, o había llegado con sus propios planes?

Mientras caminaban juntos por el corto pasillo, trató de reprimir su malestar. Aunque la expresión le pareció un poco forzada, mantuvo una sonrisa cortés cuando entraron en el salón de baile. Las cabezas se giraron. Hombres y mujeres por igual susurraban detrás de manos enguantadas y abanicos de encaje. Emilia no sabía si los murmullos iban dirigidos a ella o al señor Banbrook. Él no mostró ninguna preocupación y los dirigió hacia el centro de la vasta sala, donde acababa de terminar un baile. Las parejas abandonaron la pista de baile, las mujeres con un ramillete de colores pastel, los hombres con un montaje que iba de lo llamativo a lo monótono. Nuevas parejas se adelantaron para llenar el espacio.

—Tal vez, para dar ejemplo, debería bailar con usted antes de dar una vuelta por la sala—preguntó el Sr. Banbrook con una cortesía casual.

—Me gustaría—respondió Emilia, con un nudo de nerviosismo en el estómago.

Él asintió con brusquedad y la acompañó a su lugar en la fila, y luego ocupó la posición frente a ella. Los músicos tocaron las primeras notas de un rollo country adaptado. La sonrisa de Emilia se convirtió en auténtica felicidad. Era un baile que conocía bien y que le gustaba. Mucho más animada que la mayoría de las opciones, la variación era también considerablemente más divertida, y no ofrecía tiempo para charlar. Dada la forma alta y premonitoria que tenía enfrente, Emilia pensó que no hablar podría ser una buena circunstancia.

Cuando los músicos tocaron la nota adecuada, ella avanzó al ritmo de la música. Ella y el señor Banbrook se encontraron en el centro y se dieron la mano. Ejecutaron un giro, dándole a ella el tiempo suficiente para notar el fuerte apretón de él, no límpido como el de algunos caballeros, y volvieron a sus esquinas para permitir el paso de la siguiente pareja. Emilia enlazó los brazos con el hombre de su izquierda. Él la hizo girar un poco fuera de tiempo, con la cola demasiado larga de su abrigo color mostaza arrastrándose tras él.

El siguiente caballero que la tomó del brazo tenía un color verde más sombrío y una expresión ligeramente lasciva, aunque su paso era más seguro. Se sintió aliviada de que el baile la llevara de vuelta con el señor Banbrook para dar otra vuelta en el centro, entre las filas de bailarines. Su sonrisa era alegre. Su mirada no bajó ni una sola vez de su rostro.

Varias vueltas más cambiaron los papeles, así que se encontró con el lascivo caballero vestido de verde en el centro, y enlazó los brazos con el señor Banbrook en la fila. Él la hizo girar con tal vigor que ella se habría reído si no acabara de terminar la escuela. Las damas no se ríen en público.

Sin embargo, ella deseaba poder hacerlo. Disfrutó mucho de la encantadora pareja que era el señor Banbrook. A medida que el baile avanzaba, Emilia no podía dejar de admirar la buena forma que tenía. Alto, erguido y delgado, su negro magníficamente confeccionado contrastaba con los trajes muy llamativos y brillantes de otros hombres. Era un hábil bailarín, e incluso parecía estar disfrutando, si se podía creer su expresión.

Demasiado pronto, las obligaciones del plató los liberaron. Emilia tomó el brazo que le ofrecía el señor Banbrook y le permitió que la acompañara hasta los márgenes de la multitud. Con un giro brusco, comenzó su circuito por el abarrotado salón de baile. Emilia lo miró con recelo y descubrió que su expresión volvía a ser seria. No pudo evitar echar de menos la alegría que había provocado el baile.

—Creo que será de ayuda si me dice lo que desea en un caballero—murmuró el señor Banbrook en tono bajo—. Es decir, suponiendo que lo sepa.

—Oh, sí. Lo sé muy bien—Pero decírselo a él, un hombre y un nuevo conocido, parecía extraño. Sin embargo, los sueños de un caballero perfecto llenaban sus pensamientos, y su petición era razonable dadas las circunstancias—. No debería preocuparme demasiado por su aspecto, ni por sus ingresos, en realidad—Ofreció una mirada de disculpa—. Me doy cuenta de que eso hace poco para reducir el campo.

—¿Quiere decir que se conforma con cualquier plebeyo pobretón?—No parecía convencido.

El rostro de Emilia se sonrojó.

—Pues no. Quiero decir que no es necesario que esté terriblemente bien puesto, como usted, o que sea muy rico, como el vizconde, pero mentiría si dijera que quiero un marido espantoso o uno que esté demasiado por debajo de las posibilidades. Me gustaría mucho vivir en la ciudad, ya ve, y comprendo que ello necesita fondos—Ella fijó su mirada en el suelo de marquetería. ¿Acababa de llamar guapo al señor Banbrook?

—Ah, ¿así que desea ser una persona de la alta sociedad, para poner en práctica su formación? Supongo que es preferible un título—Su tono era ligero, pero de alguna manera afilado.

Emilia le dirigió otra mirada, pero su rostro era una máscara a la luz de las velas. Sin saber cómo interpretar su expresión, solo pudo responder sin evasivas.

—Oh no, no debería gustarme un título, ni nadie demasiado rico. Me parece que estar en el centro de las cosas supondría mucho trabajo, y no dejaría tiempo para nada verdaderamente agradable.

—Para la mayoría de las mujeres, estar en el centro de las cosas es lo verdaderamente agradable— replicó él en ese mismo tono.

Aquí estaba más segura.

—Entonces, la mayoría de las mujeres están equivocadas. Lo que realmente se disfruta es el arte, la música y el teatro. Me gustaría escuchar conciertos e ir a exposiciones, y viajar a Londres para visitar el Museo Británico. Tal vez ir aún más lejos algún día, al continente.

—¿En búsqueda de la música y el arte?—Otra mirada mostró su ceño fruncido de sorpresa.

—¿Es tan difícil de creer?—preguntó. La preocupación la conmovió—¿O es tan difícil encontrar un hombre que quiera esas cosas? En casa dicen que Edimburgo es un lugar de gran cultura. Cuando vine aquí desde el campo, pensé que encontraría caballeros que apreciaran eso.

—Hay muy pocas cosas que los caballeros aprecien fuera de la carne de caballo, el juego y...—Hizo una mueca—Dejémoslo en carne de caballo y juego—Giró la cabeza y observó la habitación—. Bueno, señorita Glasbarr, pide usted mucho, pero veré lo que puedo hacer.

Capítulo Cuatro

MIENTRAS SE DESPLAZABAN por el salón de baile, Robert robaba miradas a la joven que tenía a su lado. No debería haber bailado con ella. Le había dicho a Stirling que había terminado con los bailes, y pocas palabras había dicho con más sinceridad. El baile era el lugar donde empezaban los problemas, y la señorita Glasbarr era un problema como pocos alguna vez había visto. Ojos avellana mercuriales. Cabello de un tono dorado bruñido que nunca había encontrado antes, ni siquiera en Escocia. Una inocencia seductora que él pensó que podría no ser fingida.

Así que cedió a la tentación y bailó con ella. Un juego. ¿Cuál podría ser el daño?

Si ella había sido tentadora a la suave luz de las velas del vestíbulo, lo era triplemente mientras bailaba. Ya no estaba nerviosa, ni temblaba con una mezcla de ira y terror evocada por Dunreid, era todo entusiasmo, vivacidad y alegría. Verla bailar era suficiente para que un hombre llamara a un sacerdote.

¿Llamar a un sacerdote? Estaba claro que estaba loco. Había jurado no volver a enamorarse después de Cinthia.

Robert estuvo a punto de tropezar, sobresaltado por sus pensamientos. En sus cavilaciones, había pasado por alto a Kitty Thomas, la joven que lo había dejado plantado hacía menos de una semana. ¿Qué clase de monstruo era para olvidar tan rápidamente a una chica con la que quería casarse, con la mente y el corazón de nuevo puestos en Cinthia?

Frunció el ceño. Stirling tenía razón. Nunca había amado a Kitty. Lo que había amado era la idea de superar a Cinthia. No se permitiría imaginar su camino hacia el amor de nuevo. No a costa de un alma dulce como la Srta. Glasbarr.

Decidido, redobló sus esfuerzos. Le encontraría un joven digno. Alguien que no fuera un despechado, hastiado y temperamental. Un rápido escaneo de los juerguistas ante ellos reveló varios candidatos aceptables. La hizo detenerse ante el más cercano.

—Campbell—saludó Robert—. ¿Puedo presentarte a la Srta. Glasbarr?

—Señorita Glasbarr—Campbell lanzó a Robert una mirada de sorpresa mientras se inclinaba sobre su mano.

—Señor Campbell—La señorita Glasbarr ofreció una bonita sonrisa—. Estoy encantada de conocerle.

—A la señorita Glasbarr le gustaría bailar, Campbell. Sea un buen compañero y acompáñela en el siguiente baile, ¿quiere?—Eso le valió a Robert dos miradas de asombro. Bueno, ¿qué esperaban? Él no era su madre. No tenía práctica en hacer presentaciones sutiles.

Campbell se inclinó.

—Lo haría, Banbrook, pero Dunreid…--Se interrumpió y señaló con la cabeza hacia el otro lado de la habitación, poniendo los ojos en blanco.

Robert no necesitaba mirar para saber que Dunreid los acechaba, como una especie de babosa marina de muchos brazos, con sus zarcillos de malicia serpenteando por la reluciente habitación.

—Déjame a Dunreid a mí, Campbell. Baila con ella. Es una compañera encantadora.

La señorita Glasbarr se sonrojó. Dirigió sus ojos de color avellana hacia él en lo que probablemente era lo más parecido a una mirada que sus encantadoras facciones podían lograr.

—Señor Banbrook, realmente, no soy una yegua en el mercado. Si el señor Campbell se siente muy presionado, no necesito bailar.

—¿Has oído eso, Campbell? La Srta. Glasbarr cree que tienes miedo de Dunreid—Robert añadió una sonrisa a sus palabras.

Campbell se enderezó más.

—Desde luego que no—Frunció el ceño hacia Robert y luego se inclinó de nuevo hacia la señorita Glasbarr—. Sería un honor que bailara conmigo, señorita Glasbarr.

—Gracias, señor Campbell—dijo ella—. Será un placer.

Le dedicó a Robert una sonrisa de agradecimiento. Campbell le tendió el brazo. La señorita Glasbarr se apartó del lado de Robert para colocar su mano en la ridícula manga del abrigo carmesí de Campbell. Robert se preguntó de repente si Campbell era realmente digno. ¿Acaso el hombre no se endeudaba cada dos jueves?

Mientras se alejaban, la educada charla de la señorita Glasbarr sobre el tiempo volvió a él. No había charlado con Robert de forma insensata. ¿Significaba eso que él no le interesaba?

Robert observó cómo se alineaban con los demás bailarines. La señorita Glasbarr vibraba de entusiasmo. Mientras esperaban a que empezaran los músicos, Campbell la miraba de arriba abajo, sin ocultar su aprecio. Robert apretó los dientes. ¿Qué le había poseído para considerar a Campbell digno? Un jugador con un abrigo llamativo no era lo que la señorita Glasbarr necesitaba.

Robert miró a su alrededor. Tenía que haber alguien más digno. Su mirada se posó en el señor Paterson. Paterson no bebía, ni apostaba, ni jugaba, ni siquiera corría. Era el hombre más aburrido de Edimburgo. Tampoco podía hilvanar tres palabras en presencia de una mujer bonita. Era perfecto.

Con un ojo puesto en el baile por las miradas lascivas de Campbell, Robert se acercó a Paterson. Vestido con un gris claro desarreglado, que era mejor que el rojo popinjay, se paró junto a una de las altas ventanas. Robert estaba de acuerdo con la elección de Paterson. Al acercarse, respiró el aire fresco que provenía del patio.

—Paterson—saludó.

—Banbrook—dijo Paterson alegremente.

—No estás bailando.

Paterson hizo una mueca.

—Yo, ah, no he conocido a ninguna de las jóvenes presentes.

—Estás de suerte—Robert ofreció una agradable sonrisa—. ¿Ves a esa encantadora criatura bailando con Campbell? Se la estoy presentando. Estará encantada de bailar con usted.

—¿Conmigo?—Paterson pareció sobresaltarse. Sus ojos se entrecerraron—Espera, ¿no es esa la señorita Glasbarr?—Lanzó a Robert una mirada de preocupación—No puedo bailar con ella. Dunreid dijo...

—Dunreid no es dueño de la chica y ella no quiere saber nada de él. Yo bailé con ella. Campbell está bailando con ella—Frunció el ceño—. Siempre te he tomado por tímido, no por cobarde.

Paterson emitió un sonido de chisporroteo. Se enderezó, con los hombros echados hacia atrás.

—Mira, no soy un cobarde y no voy a soportar que me llamen así.

Robert le dio una palmada en la espalda a Paterson, lo suficientemente fuerte como para que se pusiera de puntillas.

—Maravilloso. Sabía que podía contar contigo. Acompáñame, entonces. Nos pondremos cerca de la pista de baile—Donde pueda vigilar a Campbell—. Así ella no se nos perderá cuando terminen su baile.

Llevó a Paterson, que seguía balbuceando, de vuelta al lugar donde le había presentado a la señorita Glasbarr a Campbell. Hablaron distraídamente mientras esperaban a que concluyera el baile. Paterson era tan aburrido como recordaba Robert.

Después de un tiempo interminable, durante el cual Robert llegó a la conclusión de que los músicos habían considerado oportuno tocar piezas más largas de lo habitual, su baile con Campbell terminó. Le tendió el brazo con una familiaridad que Robert no podía aprobar y la acompañó de vuelta. Charlaron animadamente mientras se acercaban. Por lo que pudo comprobar, su conversación versaba, entre otras cosas, sobre razas de caballos.

—Señorita Glasbarr—dijo Robert en cuanto se acercaron—. Este es el señor Paterson. Ha solicitado la siguiente selección.

—S-Señorita…G-Glas...--Paterson concluyó su tartamudeo con una reverencia.

La Srta. Glasbarr no reaccionó ante la incapacidad de Paterson para dirigirse a ella correctamente, e hizo una reverencia.

—Eso sería encantador, señor Paterson. Gracias.

Le ofreció el brazo. La Srta. Glasbarr le dedicó a Robert una rápida sonrisa antes de permitir que Paterson la guiara de nuevo hacia los otros bailarines.

—Una pequeña pieza bien montada, ¿verdad?— dijo Campbell al verla marchar.

Robert se encogió de hombros. Intentó contener el enfado que le provocaba el escrutinio demasiado familiar de Campbell sobre la forma de la señorita Glasbarr, que se retiraba.

—Ya veo por qué Dunreid la reclamó— continuó Campbell—. Y por qué ella no lo quiere. Ella también tiene una mente activa, hace eso.

—¿Esperas que me crea que has evaluado la calidad de su mente mientras bailaba y mirabas la parte delantera de su vestido?

Campbell sonrió.

—Si Dios no quisiera que los caballeros miraran la parte delantera de las damas, no nos habría hecho el sexo más alto—Le dio a Robert una palmada en la espalda y se rio de su propia broma.

Robert no respondió, tenía la atención puesta en los bailarines. La selección era una colección de bailes lentos y cuidadosos. Por imposible que parezca, la señorita Glasbarr parecía hablar con

Paterson de forma bastante amistosa durante todo el tiempo. Esta extraña circunstancia se confirmó cuando terminó el tercer baile y él la acompañó de vuelta. Robert pudo escuchar cómo conversaban sobre el Museo Británico mientras regresaban. Peor aún que la nueva capacidad de Paterson para articular más de tres palabras fue la mirada embobada que dirigió a la señorita Glasbarr.

La situación solo empeoró después de eso. Al parecer, los demás hombres pensaban que si Paterson podía ignorar el reclamo de Dunreid y bailar con la señorita Glasbarr, cualquier caballero podía hacerlo, los cretinos acudían a ella. Robert quedó pronto relegado a la periferia del grupo de hombres que la envolvía. Campbell, inmune a la mirada de Robert, asumió su papel y la presentó a los recién llegados.

Finalmente, cerca de la medianoche, Robert decidió que la señorita Glasbarr había conocido suficientes caballeros por una noche. Estaba casi harto de ver a los supuestos hombres, que antes habían sido demasiado temerosos, bailar con ella ahora. Incluso después de un conocimiento tan breve, estaba seguro de que ella se merecía algo mejor que un cobarde. Peor aún, la mayoría de los hombres que se le habían acercado eran unos completos imbéciles. Si no podía tener hombres valientes, al menos debería tener el placer de tener compañeros hábiles.

Resistió el impulso de acompañarla por segunda vez, para mostrarles a todos cómo se baila correctamente con una joven encantadora. No le haría ningún bien al asociarse con ella dos veces en una noche. No si quería encontrar un marido entre los caballeros reunidos, aunque ninguno de los patanes la merecía. Por supuesto, con quien se quedara no era realmente de su incumbencia, siempre y cuando no fuera con Dunreid.

La siguiente vez que la escoltaron desde la pista de baile, Robert rodeó al grupo de hombres que la esperaban y se reunió con ella antes de que llegara. Le ofreció su brazo. Con una rápida despedida de su pareja, ella colocó unos elegantes dedos en su manga. Robert los alejó de sus admiradores.

—Es casi medianoche—observó en voz baja.

—¿Tan pronto?—Ella miró a su alrededor, con el ceño ligeramente fruncido.

—¿Te acompaño al vestíbulo?—Robert asintió en la dirección en la que se dirigían muchas de las otras jóvenes. Los volantes de color pastel que las rodeaban no se parecían en nada a uno de los aclamados cuadros de Mary Moser.

—Sería muy amable de tu parte.

Aliviado por su pronta aquiescencia, la dirigió hacia la parte delantera del salón de baile.

—¿Disfrutaste de la velada?

—Sí, y gracias por tu ayuda—Su tono desanimado desmentía sus palabras.

—¿Pero?—Su evidente disgusto le tranquilizó. Se alegró de que ella se diera cuenta de la falta de idoneidad del rebaño de caballeros, en lugar de sentirse animada por sus indignas atenciones.

Ella se encogió de hombros con delicadeza.

—Bailaron conmigo, lo cual fue realmente encantador, pero no creo que ninguno me persiga. Todavía le tienen miedo.

Robert asintió. Probablemente ella tenía razón, lo que solo demostraba su falta de valor, pero él estaba allí para encontrarle un caballero. Tenía la intención de cumplir con esa obligación. No la obligaría a elegir entre Dunreid o ningún hombre. ¿Qué más podía hacer para frustrar al vizconde?— Un paseo en carruaje—La oferta salió antes de que pudiera contener las palabras. No había dado un paseo en carruaje por el parque desde la traición de Cinthia.

—¿Perdón?

Contuvo una mueca. Por lo visto, disfrutaba haciéndose el desgraciado.

—Déjame llevarte a dar un paseo en carruaje mañana por la tarde. Unas cuantas vueltas por el parque. Podrás conocer a una mayor variedad de caballeros. No puede haber acobardado a todos los hombres de Edimburgo.

Ella le sonrió, demasiado dulce y demasiado joven para cualquier hombre que él conociera. Porque, con ella apenas terminando la escuela, él debe tener siete o más años de diferencia con ella.

—Bueno, a ti no te ha acobardado—dijo ella—. Así que ciertamente, no puede haber intimidado a todos los hombres de la ciudad, y sí, un paseo en carruaje sería encantador, gracias.

Robert asintió. Su alegre sonrisa y sus inocentes cumplidos le animaron. Ella tenía razón. Un paseo en carruaje sería encantador. El hecho de que Cinthia y él lo hicieran casi a diario no significaba que no pudiera volver a disfrutar de uno.

Se separó de la señorita Glasbarr en el vestíbulo. Se unió a un grupo de mujeres jóvenes que se dirigían a las escaleras. Una vez que la perdió de vista, Robert salió al atardecer de Edimburgo para esperar su carruaje. La sonrisa de la señorita Glasbarr permaneció en su mente y evocó una propia.

Robert se paseó por la acera con el aire fresco de la noche, sin ganas de hablar con los otros caballeros que esperaban sus carruajes. Ya había tenido suficiente de todos ellos por una noche. Ver a la señorita Glasbarr bailar con tantos hombres elegibles, aunque totalmente indignos, había agriado el lado sociable de su naturaleza.

Sin embargo, no confundiría su actitud protectora con el afecto. Era hermosa, amable y dulce, pero eso no significaba que se sintiera atraído por ella. Tenía que exorcizar a Cinthia del corazón y de la mente antes de lanzarse impulsivamente hacia otra chica. No repetiría el error que había cometido con Kitty.

Su carruaje se detuvo, el majestuoso de cuatro caballos que solía utilizar cuando asistía a eventos de sociedad, y no aquel abierto que utilizaría mañana para llevar a la señorita Glasbarr por el parque. Robert frunció el ceño. Cada pensamiento extraviado no debía conducir a ella.

—¿Adónde, señor?—preguntó su cochero.

—A mi club—Robert subió.

El carruaje se movió lentamente hasta que por fin se libraron de la aglomeración de tráfico que salía de la escuela de Lady Peddington. Cuando el vehículo tomó un ritmo más rápido, se recostó contra el cojín y observó el brillante cuadrado de luz que entraba, cruzaba y salía de su carruaje con cada farola que pasaba. Cada vez que la luz de la lámpara brillaba en el cordón de hilo dorado que ataba las cortinas de la ventana, le recordaba los rizos de la señorita Glasbarr. Cuando llegaron a su club, se apeó, molesto por un viaje que solo había acentuado su incapacidad para apartarla de su mente. Subió los cuatro escalones y entró en la elegante estructura de tres pisos con el ceño fruncido.

Una vez en su mesa habitual, pidió un vaso de whisky. Esperó con impaciencia el consuelo que le ofrecía el suave licor, pero de alguna manera, cuando llegó el vaso, el oscuro néctar no le pareció digno de ser bebido. Ocioso, giró el vaso en su mano y miró fijamente las profundidades rojizas. Si inclinaba el cristal tallado de la manera correcta, la superficie del whisky captaba la luz de las velas y brillaba del color de su cabello.

—Muy bien, Banbrook, ¿qué hace falta para que te vayas?

Robert levantó la vista cuando Dunreid sacó la silla que tenía enfrente y se acomodó en el asiento acolchado.

—Tu presencia es suficiente—Robert dejó su vaso y se puso de pie.

—Por el amor de Dios, siéntate—dijo Dunreid, con tono amistoso—. Estás dando un espectáculo.

—Tú eres el que ha planteado la pregunta—Robert no se molestó en ocultar su animosidad mientras miraba a Dunreid—. Simplemente estoy dando una respuesta sincera.

El vizconde frunció el ceño y echó el cuello hacia atrás para mirar hacia arriba. Se puso de pie y colocó su fornido cuerpo entre Robert y el resto de la sala.

—Quiero a esa chica, Banbrook. Tú no.

—Puede que sí.

Dunreid resopló.

—¿Qué pasó con tu honestidad? El mundo sabe que sigues suspirando por mi mujer.

Las manos de Robert se hicieron bolas a los lados. Los músculos de su brazo se tensaron. Ansiaba la satisfacción de enterrar su puño en la cara carnosa de Dunreid.

—Te lo volveré a pedir, amablemente, por los viejos tiempos—La voz de Dunreid era baja, pero todavía cordial—. ¿Qué hace falta para que te vayas? Deberías aceptar algo, porque al final la tendré, de cualquier manera.

—No soy un comerciante de caballos y ella no es una yegua a la venta—dijo Robert, haciéndose eco de las palabras de la señorita Glasbarr.

Dunreid se encogió de hombros.

—También puede serlo.

Robert contestó a eso con una mueca.

Con el rostro iluminado por un regocijo maligno, Dunreid se inclinó más cerca.

—No se te puede comprar, lo sé. Eres incluso más rico que yo, pero tengo una cosa que quieres. ¿Qué tal un intercambio? Una noche con Cinthia a cambio de una oportunidad con la muchacha. La devolveré cuando haya terminado. Estoy seguro de que estás acostumbrado a que otros hombres...

Robert lanzó un golpe, pero Dunreid lo esquivó y su puño se clavó en el centro de Robert. El aire salió de sus pulmones. El dolor lo dobló. La respiración áspera de Dunreid penetró en la sangre que le llegaba a los oídos. Robert se enderezó y soltó un puñetazo salvaje. Su puño conectó con algo sólido.

—Maldita sea—Dunreid retrocedió varios pasos.

Los hombres se acercaron a ellos. Las voces se alzaron. Las manos se aferraron a los hombros de Robert, aunque éste no hizo ningún movimiento para perseguir al vizconde. Parpadeó con lágrimas de furia y se soltó de un tirón de los hombres.

Dunreid se desplomó en una silla con una mano agarrada al ojo izquierdo. Con la derecha, miró a Robert.

—Desgraciado. Esto va a quedar morado. ¿Qué se supone que debo decirle a Cinthia?

—Eso no me concierne—le espetó Robert—. Usa las mentiras que normalmente le dices a tu mujer.

Se sacudió las manos y se enderezó la chaqueta. Se volvió y lanzó una mirada alrededor de la sala, no fuera que alguien decidiera vengarse de Dunreid. La mayoría de los caballeros reunidos habían adoptado expresiones neutrales, aunque algunos parecían divertidos.

Varios hombres de a pie de gran tamaño se agolpaban en la puerta más lejana, mirándole. El propietario del club los tenía a mano, ya que no se permitían las peleas. Robert ofreció a los lacayos una mueca de disculpa y se dirigió a la salida.

Capítulo Cinco

AL ACERCARSE LOS PASOS, Emilia levantó la vista del boceto en el que trabajaba. Sentada en el patio interior de la escuela, trataba de captar el elevado roble que crecía en el centro. Lo había hecho muchas veces, pero nunca dejaba de ver algo nuevo en las ramas arqueadas. Esperaba que, si tenía la suerte de encontrar un marido, éste tuviera un jardín la mitad de bonito que el de la escuela.

Unos pasos rápidos hicieron que la doncella que se acercaba, Mary, se pusiera delante de ella. La chica hizo una reverencia. Le ofreció un paquete envuelto.

—Señorita, ha llegado esto para usted. No hay ninguna nota que diga de quién, así que pensamos que es mejor aceptarlo—Echó una mirada al patio, pero estaban solos—. Me han dicho que le recuerde que aceptar cartas o regalos de caballeros con los que no está emparentada, comprometida o casada va en contra de la política del colegio.

Emilia cogió el paquete con una punzada de inquietud.

—Soy muy consciente de ello, gracias. Me gustaría poder decir que no estoy incumpliendo esa política, pero no tengo ni idea de quién es esto.

Mary se encogió de hombros. Una sonrisa le marcó las mejillas, dándole una inocencia en la que Emilia no confiaba del todo. Mary era la favorita de Lady Peddington y una consumada espía de la directora.

—Lo que está envuelto ahí no importa realmente, señorita. Mientras no haga un escándalo para la escuela, a nadie le importa mucho.

Emilia sonrió, pues probablemente Mary tenía buenas intenciones. Sin embargo, a Emilia le importaba. Ella no quería aceptar paquetes de los hombres. Especialmente de cierto hombre. El pequeño paquete envuelto estaba allí ahora, sin embargo, así que ella no tenía mucha opción.

—Gracias.

Mary ofreció el paquete con una mirada persistente, evidentemente decepcionada por haber sido despedida antes de retirar el papel. Emilia mantuvo una expresión sosa y agradable hasta que la criada se dio la vuelta y se marchó. Nunca se sintió cómoda despidiendo a los sirvientes y no se atrevió a ordenarles que se fueran. En casa solo tenían dos lacayos, dos criadas, una cocinera y una asistenta. Los seis vivían con ellos y lo habían hecho desde que Emilia podía recordar. Eran más familia que personal.

Una vez sola, sacó el papel. Había una nota escondida junto a una pequeña caja con una marca de joyero que no reconocía, aunque no conocía muchas. La colocación era inteligente, ya que una nota en la parte superior bien podría haber sido abierta por el celoso personal, pero no desenvolverían el paquete. La inquietud hizo que sus dedos se volvieran torpes, y Emilia desdobló el mensaje.

Considera esto como una muestra de mi generosidad, y un agradecimiento por los servicios que algún día prestarás. Ese esbelto cuello tuyo no debe quedar sin adornos. -VD

Emilia hizo una mueca. Miró la caja con desagrado. ¿Acaso quería abrirla?

Una inspección de la nota reveló que no había dirección, ni forma de devolver el regalo. Se quedó mirando la caja, ese regalo que, si se descubría, empañaría su reputación, tal vez sin remedio. Abierto o no, lo que hubiera dentro estaría bajo su custodia hasta que encontrara la forma de deshacerse de él. Levantó la tapa.

Un colgante yacía sobre terciopelo negro. La cadena que lo acompañaba parecía demasiado delicada para soportar el peso de la monstruosidad. El oro, los diamantes, los zafiros y los rubíes le guiñaron el ojo. Las piedras en sí eran preciosas, pero el conglomerado estaba exagerado hasta el punto de resultar desagradable. Cerró la tapa con un chasquido, deseando atreverse a maldecir como otras chicas criadas en el campo que conocía.

Con manos rápidas, recogió su trabajo y luego metió la nota y la caja con sus útiles de dibujo. El mensaje lo podía quemar. El despreciable colgante tendría que esconderlo. Tal vez podría inventar una excusa para visitar los distritos comerciales más caros. Si podía ver las marcas del joyero en una tienda, podría determinar dónde desprenderse de la monstruosidad.

Estaba a mitad de camino en el patio cuando Mary reapareció. La chica se apresuró hacia Emilia, dejando pocas dudas de que ella era el objetivo. Mary hizo una reverencia cuando se encontraron cerca de la entrada de la escuela. Unos dedos nerviosos alisaron su uniforme.

—Señorita, tiene una visita—El tono de Mary tenía una nota extraña.

—¿A estas horas?—Emilia entrecerró los ojos. —No puede ser mucho más allá del mediodía—.

Cuando el Sr. Banbrook dijo tarde, ella supuso una hora mucho más tarde.

—La visitante es una vizcondesa, Lady Cinthia.

Emilia reconoció la nota en la voz de Mary, una mezcla de preocupación y asombro. No compartía la reverencia de la doncella, pero sí apreciaba su aprensión. El nombre hizo un nudo en las tripas de Emilia. Que la esposa del vizconde Dunreid viniera a llamar no podía ser bueno.

Apretó los labios. Llevar su cuaderno y su cartera de herramientas de dibujo a una audiencia con la vizcondesa sería indecoroso. Sin embargo, no podía pedirle a Mary que los llevara a su habitación. La mochila contenía el collar, y los sirvientes fisgoneaban, especialmente Mary de Lady Peddington. La chica denunciaría el collar a los pocos instantes de ser descubierto.

—Será solo un momento. Debo volver a mis aposentos.

—Si no le importa que se lo diga, señorita, su señoría parecía agitada, y dijo específicamente que deseaba verla inmediatamente.

Emilia hizo una mueca. Bueno, si Lady Cinthia deseaba verla de forma apresurada, soportaría la falta de respeto de Emilia. Asintió con la cabeza y le indicó a Mary que la guiara.

El paseo hasta el salón delantero no fue largo. Aunque no era la sala de recepción más grande, el espacio era el más opulento del colegio. Emilia sabía que los sirvientes tenían órdenes permanentes de colocar allí a cualquier persona de nacimiento noble o de considerable riqueza. Enderezó los hombros cuando Mary llamó una vez a la puerta abierta.

—Señorita Glasbarr, como ha pedido, mi señora, —dijo Mary, luego se inclinó y entró. Se colocó a la derecha de la puerta, con la mirada al frente y desenfocada, a la espera de nuevas órdenes.

Los pasos de Emilia vacilaron al entrar. Con la espalda recta, Lady Cinthia estaba sentada en el borde de un sofá de terciopelo rojo y flecos dorados. Rizos rubios, piel fina como la porcelana y extremidades gráciles, todo dispuesto a la perfección. Unos ojos azul claro, y no avellana de un color indefinible como los de Emilia, la miraban por encima de los altos pómulos. Con una mujer tan hermosa como Lady Cinthia en su casa, ¿cómo podría el vizconde querer descarriarse?

Emilia hizo una reverencia algo elegante, que Lady Cinthia agradeció con una inclinación de cabeza. Cuando Emilia se enderezó, se dedicó a estudiar la opulenta alfombra roja y dorada, consciente de que la vizcondesa la escudriñaba. Emilia levantó la vista a tiempo para ver que aquellos ojos azul hielo miraban más allá de ella a la doncella.

—No nos interesa un refresco, ni que nos molesten—dijo Lady Cinthia en perfecto tono inglés, raramente escuchado en Edimburgo—. Cierre la puerta cuando se vayan.

El rostro de Emilia se calentó. Ofrecer refrescos y despedir a la criada era su función. Sin embargo, no lo había hecho. Se quedó allí como la tonta del campo que era.

La puerta se cerró con un golpe seco. El silencio se apoderó de la habitación. Emilia se sintió como una niña llamada ante su madre para responder por sus crímenes.

—Bueno, ven aquí, muchacha—Las palabras de Lady Cinthia chasquearon con impaciencia.

Con pasos cuidadosos, Emilia cruzó hasta el final del sofá. El empalagoso perfume de Lady Cinthia llenó sus fosas nasales. Emilia no sabía dónde mirar. Aunque le parecía imposible que la otra mujer supiera del beso del vizconde Dunreid, de su determinación de convertirla en su amante y del carísimo regalo que llevaba en la cartera que apretaba a su lado, la culpa y la vergüenza le impedían encontrarse con los ojos de lady Cinthia. Sin embargo, Emilia no podía mirar más bajo. Después de unas cuantas miradas, se decidió por un lugar sobre el hombro izquierdo de la mujer.

A la vizcondesa se le escapó un suspiro.

—Eres una cosita de senos grandes, ¿verdad?

¿Tenía que responder a eso?

—No eres para nada lo que imaginaba—continuó Lady Cinthia—. Aunque supongo que algunos hombres encuentran atractiva la falta de sofisticación, de una manera chabacana.

El rostro de Emilia se puso al rojo vivo. ¿Cuánto sabía la vizcondesa de los planes de su marido?

—¿Perdón, mi señora?

—¿Por qué? ¿Has hecho algo que requiera mi perdón?

Emilia arrancó su mirada para encontrar la mirada de la mujer.

—Oh, no. Por supuesto que no. No lo haría.

—¿No lo harías?—Los ojos azules se entrecerraron—. Dime, entonces, ¿qué debo pensar cuando mi marido llega a desayunar con un ojo morado? Luego, cuando le hago seguir, como cualquier buena esposa, va al joyero más caro de la ciudad, elige una costosa baratija y hace que el dueño de la tienda le envíe la baratija aquí, a usted. Un regalo así solo se hace por cosas imperdonables.

—Oh, pero yo no he hecho nada—lloró Emilia. Se dejó caer en el sofá, con la cartera agarrada delante de ella—. Realmente no lo hice. El vizconde Dunreid lo intentó... es decir, puede que me lo pidiera... pero quizá lo interpreté mal. Debo haberlo hecho, por supuesto.

Cierra la boca, Emilia, dijo en su cabeza. No se le dice a una mujer que su marido está intentando tener una aventura contigo, y menos a una poderosa mujer de la alta sociedad que podría ver cómo te echan de la ciudad.

—¿Qué te pidió mi marido?—El tono de Lady Cinthia era frígido.

Emilia negó con la cabeza.

—Nada.

—¿Y le negaste ese nada?

Vacilante, Emilia asintió.

Lady Cinthia se puso en pie. Con la espalda erguida, se alejó a grandes pasos y luego giró para mirar a Emilia.

—Niña tonta, eso es lo peor que podrías haber hecho. Ailbeart ama la caza. ¿Cómo crees que he acabado con un soltero tan rico, con título y autoproclamado? Todo Londres le dijo que yo era la única mujer que nunca ganaría—Dirigió otra mirada a Emilia—. Si te hubieras limitado a ceder ante él, él habría seguido adelante y yo sería la que recibiría regalos, a modo de disculpa, como debe ser.

Entonces, ¿era ella la culpable, por no permitir que el vizconde Dunreid se saliera con la suya? La injusticia de la lógica de Lady Cinthia le dolía. Emilia abrió su mochila y sacó la caja. Le ofreció el regalo no deseado.

—Tome, entonces. Debería ser suyo. No quiero tener nada que ver con el vizconde, ni con sus regalos.

Lady Cinthia miró la caja. A grandes zancadas regresó al sofá. Arrebató la caja de la mano de Emilia y abrió la tapa.

—Es horrible—Lady Cinthia hizo una mueca ante el colgante—. Pero podría hacer que las piedras se reajustaran en piezas separadas—Cerró la tapa de un empujón y dirigió una mirada contemplativa a Emilia—. Me llevaré esto.

Emilia descargó su alivio en una larga exhalación. Al menos era un problema resuelto.

—Por favor, mi señora, no quiero nada que sea suyo. ¿Cómo puedo... librarme de esto?

La burla brilló en los ojos de Lady Cinthia.

—Me resulta difícil de creer esa afirmación, señorita Glasbarr. Todo el mundo quiere algo mío, ya sea riqueza, ventaja social o un asunto de la carne.

Emilia evitó una mueca ante las vulgares palabras de la mujer.

—Le aseguro que no es así. Solo quiero un marido y un pequeño hogar, y he hecho arreglos para buscar esas cosas. Esta tarde voy a dar un paseo por el parque con el Sr. Banbrook para...

—¿Un paseo por el parque con el Sr. Banbrook?—Lady Cinthia se quejó.

Demasiado tarde, Emilia recordó que entre ambos había alguna conexión mayor que el hecho de ser ingleses. Lady Cinthia la miró por un momento, luego echó la cabeza hacia atrás y se rio, para asombro de Emilia. Cuando bajó la barbilla, dirigió a Emilia una mirada dura y llena de compasión.

—No tendrás suerte con Banbrook, querida. Es un hombre que nunca se casará—Sus labios se dibujaron en una sonrisa, pero sus ojos azules carecían de amabilidad—. ¿Sabes que la señorita Kitty Thomas lo dejó plantado la semana pasada? Era una chica inteligente, vio que él solo la estaba engañando—Bajó la voz, conspiradora—Le gusta comprometerse con una chica para poder, digamos, probar la mercancía, pero no tiene intención de llevar a cabo el compromiso.

Emilia se quedó boquiabierta. ¿Podría ser eso cierto? El Sr. Banbrook no le había parecido en absoluto así. Sacudió la cabeza con incredulidad.

—Créeme. Estuvimos comprometidos durante dos años, en Londres. Pregúntale a cualquiera—. La parodia de sonrisa de Lady Cinthia era ahora condescendiente.

Sin saber qué hacer con semejante acusación, Emilia soltó:—Pensé que usted lo había dejado—¿No había dicho el vizconde algo sobre que el Sr. Banbrook había sido dejado plantado una vez más?

Lady Cinthia asintió.

—Así es. ¿Cuánto tiempo esperarías a que un hombre llegara al altar?—Golpeó la caja del colgante contra su muslo con un ritmo agitado.

—No lo sé—murmuró Emilia, completamente confundida. Pero sí sabía una cosa: dama o no, parte agraviada o no, la vizcondesa parecía cada vez más una persona terrible. Una persona con la que Emilia no deseaba pasar más tiempo.

—Tan inocente—Lady Cinthia negó con la cabeza—. Es una pena que tengas que madurar. Me atrevo a decir que tu ingenuidad es la suma de tu atractivo—Volvió a mirar a Emilia de arriba abajo, con una expresión de desagrado—. Ciertamente, tu atractivo no proviene de tus curvas excesivamente regordetas ni de tu cabello muy rubio.

Emilia se aferró a su cartera y encorvó los hombros en un esfuerzo por ocultar al menos algunas de sus desagradables curvas. Las palabras de la vizcondesa eran las que había escuchado desde los dieciséis años, pero Emilia no tenía una respuesta preparada. Sabía que era una ratoncita de campo regordeta. Por eso había venido a la escuela de posgrado, para intentar adaptarse a la vida de la ciudad.

Lady Cinthia se encogió de hombros, y el gesto desestimó la falta de valía de Emilia como algo que no le importaba.

—No te molestes, conozco la salida. Sigue mi consejo, vuelve al lugar de donde viniste antes de que te veas envuelta en un mundo que eres demasiado simple para entender—Se dirigió a la puerta y se detuvo, de espaldas a Emilia—. Confío en que esta sea la última vez que tenga que ver u oír de ti.

Lady Cinthia abrió la puerta y salió con elegancia de la habitación. Emilia permaneció encorvada en el sofá. ¿Tendría razón la vizcondesa?

Capítulo Seis

ROBERT SILBÓ MIENTRAS SE ANUDABA el corbatín para prepararse para su paseo con la señorita Glasbarr. Un paseo por el parque solía ser una de sus actividades favoritas. Buen tiempo. Guiar el atalaje de forma experta. Bromas ligeras con sus conocidos. Una mujer atractiva a su lado.

No había llevado a Kitty Thomas al parque. La idea de hacerlo le recordaba demasiado a Cinthia. Hoy, en sus pensamientos no había lugar para la mujer de la alta sociedad que había adorado durante años. En su lugar, su imaginación se centraba en una muchacha menuda, ligeramente pechugona y de cabello dorado, cuyo abrojo escocés resultaba encantador gracias a los rastros de una suave inclinación campestre.

Se preguntó si la señorita Glasbarr apreciaba los caballos finos. La mayoría de las mujeres no lo hacían, pero ella era del campo, y él había escuchado el final de su discusión con Campbell. ¿Había estado siguiéndole la corriente al indigno petimetre, o estaba realmente interesada? Sería maravilloso recorrer los caminos del parque con alguien con quien pudiera conversar sobre uno de sus temas favoritos. Verían tantos ejemplares espléndidos durante el paseo de la tarde.

Sus manos se aquietaron a mitad del último nudo. Y habría muchos caballeros elegibles, y presentaciones que hacer. Después de todo, ese era el objetivo principal de la excursión. No debía perder de vista el objetivo de su paseo. Robert asintió con firmeza a su reflexión y terminó el nudo.

Permitió que su ayuda de cámara le asistiera al ponerse el abrigo y salió de la habitación. Las alfombras de felpa de su habitación dieron paso a tejidos igualmente lujosos en el vestíbulo. ¿Qué pensaría la señorita Glasbarr de su casa de Edimburgo? Él apostaba que ella soñaba con algo más cutre para sí misma, pero seguramente la opulencia sería una agradable sorpresa. Un hombre no podía evitar ser rico, después de todo. No es que Robert fuera el hombre más rico de Edimburgo, pero a partir de cierto punto, una mayor riqueza no podía añadir más facilidad—o alegría—a la vida. Robert estaba mucho más allá del punto en el que más dinero podía aumentar su felicidad.

Aceptó el sombrero y los guantes de su mayordomo, Edwards, y salió de su casa. Mientras bajaba los escalones, un gran carruaje negro lacado se alejó de la acera por la calle y se detuvo detrás de su carruaje. Miró con desagrado el escudo de armas del lateral. Dunreid. Robert le dio la espalda y se dirigió a su propio transporte.

—Sr. Banbrook.

El familiar tono meloso detuvo a Robert a mitad de camino. Se volvió lentamente. Su nombre, pronunciado con aquella voz, eran las primeras palabras que Cinthia le dirigía desde que huyó con Dunreid, hacía más de un año.

Las cortinas de color rojo oscuro del carruaje se retiraron para enmarcar su piel de alabastro y sus pálidos mechones. Era un cuadro, o una visión, ninguna de las dos cosas era real. Robert se quedó donde estaba, conmovido por un extraño malestar. Apenas comenzaba a deshacerse de los zarcillos que lo aferraban a su red. No sabía si sobreviviría a otro enredo.

—Sr. Banbrook, ¿no se acercará?—Ella bajó las pestañas. Los ojos azules como el hielo la miraron a través de ellas—. Me gustaría tener unas palabras con usted. Palabras discretas.

Miró hacia arriba y hacia abajo en la calle. ¿Buscando ayuda, distracción? No lo sabía. Lo que buscaba no importaba, ya que las únicas personas que había eran sus sirvientes, inmóviles e inexpresivos. Contra su voluntad, Robert se acercó. ¿Por qué estaba ella allí, ahora, finalmente, cuando él la había perseguido infructuosamente durante tanto tiempo?

—¿Se sentará en el carruaje conmigo?—le preguntó cuando se detuvo junto al vehículo.

—Creo que no, mi señora. Tengo que ir a un sitio—Había golpeado a su marido la noche anterior. ¿Sabía ella que era él quien le había ennegrecido el ojo de Dunreid? ¿Era su calidez un señuelo, para que ella pudiera emitir una queja?

Sacó la cabeza por la ventanilla, ofreciendo una generosa vista del largo cuello blanco y el escote. Sus ojos se entrecerraron al ver su carro.

—¿Vas a dar un paseo por el parque?

—Yo sí.

Ella se volvió y empleó sus largas pestañas una vez más.

—Antes, solo ibas al parque conmigo.

—Antes, éramos novios. Ahora, mi señora, no lo somos, y usted está casada con otro hombre.

Era consciente de que sus palabras eran cortantes, pero ¿qué cortesía podía esperar ella realmente de él?

Sus labios se aplanaron en una línea dura. Él la conocía lo suficientemente bien como para ver el esfuerzo que hizo para devolverle la sonrisa. Una mano con guante blanco se coló por la ventana y se cerró sobre su corbata. Dio un tirón y lo acercó.

—Hay cosas que me gustaría hablar contigo. ¿No quiere entrar? Alguien podría escuchar.

Aunque el movimiento era un poco incómodo con ella aferrada a su corbata, Robert volvió a mirar hacia arriba y hacia abajo de la calle. La tranquila calzada seguía vacía. Las casas eran todas bastante grandes, con jardines considerables. Pocas casas daban lugar a poco tráfico.

—Parece que estamos bastante solos, mi señora.

—¿Y por qué insistes en mi señora, cuando una vez me llamaste tu Cinthia?—preguntó ella en un susurro gutural.

—Porque ahora es la Cinthia de Dunreid, mi señora—Se necesitaría un hombre mejor que Robert para evitar la amargura en su tono.

—Pero podría volver a ser tu Cinthia—La mano de ella alisó su corbata y se apoyó en la parte delantera de su chaqueta, sobre su corazón—. De eso he venido a hablar contigo. Es un asunto muy... delicado, ya lo entenderás—Bajó aún más la voz—. Verás, aún no he engendrado un heredero.

Un rayo de dolor lo atravesó tras sacar ella el tema. Hijos, como alguna vez había imaginado para ellos.

—Llevan casados poco más de un año. Yo no dejaría que la falta de un bebé les preocupara—¿Qué era este nuevo tormento? ¿Era esta su manera solapada de vengarse de él por haber golpeado a Dunreid?

—Pero estoy preocupada. Y lo que es más importante, Dunreid está preocupado. Lo sé por la forma en que me mira. Quiere enviarme al campo mientras él hace lo que quiere y espera por un ilegítimo para seguir su linaje—Sus palabras susurradas tenían un toque frenético—Solo que no creo que yo sea el problema. Incluso con su serie de amantes y cortesanas, nunca ha tenido un hijo. Una vez que esté secuestrada, estaré indefensa, pero si puedo tener un hijo ahora, mientras Dunreid y yo todavía compartimos la cama, él nunca sabrá...

—Suficiente—dijo Robert.

—Pero Robert, ¿a quién más puedo acudir? Eres el único hombre en el que confío—Un brillo de lágrimas se formó en sus ojos—. Eres el único hombre al que he amado.

Él se apartó de ella, se le escapó una risa amarga.

—Con qué facilidad emplea usted la palabra, mi señora—Se estremeció, pero no supo si con rabia o con alguna otra emoción más desesperada—. Antes habría creído la afirmación de amor de sus labios.

—Robert—siseó ella. Sus ojos se movieron de un lado a otro, observando a sus sirvientes. Los sirvientes de Dunreid.

Él volvió a la ventana del carruaje. Ella tenía razón, el intercambio no era algo que él deseara que otros escucharan.

—No puedes pedírmelo, Cinthia. No puedo hacerlo—Aunque sus palabras fueron susurradas, rechinaron entre unos labios casi entumecidos por la rabia, una garganta que se sentía en carne viva, como si le hubieran arrancado la negativa.

Se dibujaron unas líneas gemelas en la frente de ella.

—¿No puedes? Por supuesto que puedes. Haré que sea fácil para ti ayudarme en esto—Una sonrisa curvó sus labios—. Y placentero.

Él la miró fijamente, horrorizado de haber amado alguna vez a la criatura que tenía delante.

—Déjame fuera de tu loco plan. Encuentra a otra persona.

Los labios de ella se enderezaron de nuevo. Esta vez, ella no forzó una expresión más suave.

—No aceptaré un no por respuesta, Robert— Ella levantó una mano cuando él abrió la boca haciéndolo callar—Piensa en mi petición. Es todo lo que pido. Volveremos a hablar. Pronto.

Robert retrocedió, sacudiendo la cabeza. Tal vez estaba realmente loca, y empeñada en arrastrarlo a la locura junto a ella.

—Déjeme responderle de otra manera, mi señora, porque tiene razón, podría hacerlo—La recorrió con su mirada, observando cada uno de sus perfectos rasgos—. Pero no lo haré. No quiero hacerlo. Ya no.

Ella se echó hacia atrás. Sus rasgos se contrajeron en un tono agrio.

—Ya veremos, Robert.

Él volvió a negar con la cabeza.

—Si me disculpa, mi señora, como dije, tengo que asistir a un compromiso.

—Te disculpo, por ahora—Una nueva sonrisa llegó a sus labios, pero le robó aún más belleza de su rostro de lo que lo había hecho su expresión agria—. Por cierto, deberías saber que tu nueva pequeña diversión aceptó un colgante muy costoso de Dunreid esta mañana. Estoy segura de que estará preciosa llevando su regalo.

Robert retrocedió otro paso. Ella podría haberle golpeado con el mismo efecto.

—¿Cuándo aprenderás, Robert? —preguntó ella, con una mirada de lástima. Cerró las cortinas de un tirón. El cochero de Dunreid tiró de las riendas y el carruaje giró alrededor de su vehículo.

Robert se quedó de pie, incapaz de forzar el movimiento de sus extremidades, y observó hasta que el carruaje giró por la calle lateral hasta perderse de vista. El sol ya no parecía brillante. El cielo no era azul, sino de un gris apagado. De hecho, estaba seguro de que el cielo arrojaría lluvia en cualquier momento. Giró sobre sus talones y subió corriendo los escalones. Su mayordomo abrió la puerta.

—Diles que guarden el coche, Edwards—dijo Robert cuando la puerta se cerró tras él —. Haz que manden mi carruaje. Estaré en mi estudio—Se quitó los guantes y el sombrero y se los ofreció.

Su mayordomo aceptó los objetos con el más mínimo ceño.

—¿Su carruaje, señor?

—Sí, mi carruaje.

—¿No va al parque, entonces, señor?

A Robert no se le escapó el arrepentimiento en el tono del hombre. Se pasó una mano por los ojos. Era consciente de que su personal estaba preocupado por él desde hacía tiempo.

—No. Me voy a mi club. Envía un mensaje a esa escuela de refinamiento, la de Lady Peddington. Dígale a una de las criadas que informe a la Srta. Glasbarr que no llegaré. Ha surgido algo. Quizás mañana—A Robert le asaltó la inesperada (e inoportuna) idea de que ella se sentiría decepcionada—Más bien, dile definitivamente que mañana.

—Sí, señor. Me ocuparé de ello.

—Gracias. Avísame cuando mi carruaje esté listo—Robert aceptó el asentimiento de su mayordomo y se dirigió a su estudio. Estaba seguro de que allí tenía al menos una jarra de whisky.

Capítulo Siete

EL DÍA SIGUIENTE a la inquietante visita de Lady Cinthia a la escuela, Emilia volvió a sentarse en el patio, como hacía a menudo. Sus utensilios de dibujo estaban en su disposición habitual. Sin embargo, la página que tenía delante permanecía en blanco. Estudiaba la hilera de flores que deseaba capturar, se concentraba en la página y luego su mente divagaba.

Dejó escapar un suspiro. A decir verdad, lo único que deseaba dibujar era el rostro del Sr. Banbrook. Su fuerte mandíbula, sus insondables ojos grises. Se preguntó si podría capturar su fugaz mirada de diversión. Era aún más guapo cuando se permitía estar alegre.

Sacudió la cabeza para borrar el rostro de su mente y estrechó la mirada hacia las flores. Las flores rosas eran lo que quería dibujar. Las flores. No un hombre que no deseaba casarse, que había incumplido su promesa de llevarla a dar un paseo por el parque y que, según sospechaba, amaba a lady Cinthia. Emilia colocó su mano sobre la página.

¿Podría contar con el Sr. Banbrook? Aunque no fuera para ella, seguía necesitando su protección frente al vizconde Dunreid, y su ayuda. Es cierto que había bailado en el segundo baile, una buena mejora respecto al primero, pero no había conseguido ningún pretendiente. El Sr. Banbrook había prometido ayudarla a encontrar uno.

¿Debía escribir a Sir Stirling de nuevo? ¿Pedir un nuevo salvador? Pero si hacía eso, ¿volvería a ver al Sr. Banbrook? No verlo de nuevo parecía bastante inaceptable. Ese pensamiento le dolía más que el hecho de que no hubiera aparecido la tarde anterior.

Unas ligeras pisadas irrumpieron en su conciencia. Se giró solo para encontrarse con Mary acercándose. Emilia se preguntó qué nuevo tormento había venido a anunciar la chica.

—Señorita, hay un caballero que pregunta si está usted. Un tal Sr. Banbrook. Dice que ha venido a recogerla para dar un paseo por el parque.

Emilia se puso en pie, sin poder reprimir una repentina sonrisa.

—¿Está en el salón grande? Por favor, dígale que no tardaré—Empezó a guardar sus útiles de dibujo.

—Lo haré, señorita. Está en el salón pequeño, señorita.

El salón pequeño. Emilia frunció el ceño. No tenía título.

—¿Necesita que una de las chicas la acompañe, señorita?—preguntó Mary.

Las manos de Emilia se aquietaron. No quería ser acompañada por una de las sirvientas espías de Lady Peddington, aunque Mary siempre parecía amable.

—¿Llegó en un vehículo abierto o cerrado?

—Abierto, de dos caballos, señorita. Uno muy fino.

Emilia alzó las cejas ante esa observación. ¿Cuán fino era muy fino? El Sr. Banbrook vestía de forma impecable, pero los ingleses siempre lo hacían, aunque acabaran en la cárcel de deudores por ello. Sin embargo, Mary dijo que él esperaba en el pequeño salón. ¿Era adinerado?

—Dado que ha llegado en un coche abierto, creo que estaré bien acompañada por la comunidad en general, pero gracias por la oferta.

—Es mi deber, señorita.

—Gracias—repitió Emilia.

La criada se marchó y Emilia terminó de guardar sus útiles de dibujo. Intentó no parecer que tenía una prisa indecorosa mientras los llevaba a su habitación, donde recogería los guantes, el chal y el bonete. Sus pies, sin embargo, parecían desear un paso alegre. Su corazón latía más tranquilo al saber que el Sr. Banbrook no la había abandonado.

Una vez debidamente ataviada para dar un paseo por el parque, Emilia se dirigió al pequeño salón y encontró al Sr. Banbrook sentado en el mismo sofá que había utilizado lady Cinthia. Hizo que la delicada pieza pareciera pequeña, casi de tamaño infantil. Con un movimiento fluido, se puso de pie y ejecutó una elegante reverencia.

—Señorita Glasbarr. He venido para nuestra acordada salida al parque.

La perfecta neutralidad de su tono la detuvo en la puerta. Ella no había esperado calidez, por supuesto, pero él parecía casi como si contuviera ira. En el caso de los ingleses, una fachada fría puede significar muchas cosas, pero sus ojos grises estaban fijos en ella y no eran demasiado amables. Su mirada se dirigió a su garganta. Se tocó el cuello, preocupada por si había algo allí.

—¿Gracias?—Hizo una mueca de asombro al escuchar la pregunta en su voz.

—Es un placer—dijo él con el mismo tono frío y cortante.

¿Lo es? se preguntó ella. Ella creería más bien lo contrario.

—Me doy cuenta de que debe estar ocupado, Sr. Banbrook. Quiero decir que debe tener otras cosas más importantes que hacer en su día que acompañar a las jóvenes. Si no tiene tiempo para llevarme, yo...

Él levantó una mano para que se callara.

—Sí tengo tiempo—Parte de la tensión abandonó sus rasgos—. Estaba deseando dar un paseo por el parque con usted, señorita Glasbarr.

¿Estaba? ¿Significaba eso que ya no? ¿Cómo podía haberse enfriado tanto su actitud hacia ella cuando no le había puesto los ojos encima desde el segundo baile?

—Gracias—repitió ella.

Su mirada volvió a su cuello. Deseó tener un espejo. ¿Le había salido urticaria? Se sentía lo suficientemente nerviosa como para haberlo hecho.

—¿Comenzamos?—Él levantó las cejas.

Emilia se dio cuenta de que bloqueaba la entrada. Su rostro se calentó mientras se daba la vuelta y dirigía el camino hacia el vestíbulo. Murmuró gracias al mayordomo que abrió la puerta para permitirle salir al aire más fresco de la calle. Su atención se centró en una magnífica pareja de Cleveland Bays.

Sus pelajes brillaban de salud, y su profundo tono castaño y sus lustrosas crines negras imitaban a la perfección la madera lacada y los adornos oscuros del carruaje que dibujaban. Podía ver por qué incluso una chica criada en la ciudad como Mary quedaría impresionada, aunque la doncella probablemente viera el vehículo más que los magníficos ejemplares equinos.

El Sr. Banbrook se detuvo junto a ella. Emilia controló su expresión de asombro. Se aseguró de tener la boca cerrada y bajó los escalones. Le gustaría poder presentarse a los bayos pero, si algo había aprendido en la escuela de Lady Peddington era que a los caballeros no les interesaba que sus dominios fueran invadidos por mujeres a menos que ellas llevaran la conversación hasta allí, y las razas de caballo era un asunto de hombres.

El Sr. Banbrook la subió, sintió la palma de la mano caliente a través del guante. Cuando subió a su lado, el coche se hundió, pero volvió a estabilizarse. Disimuló una sonrisa, pensando que los cabalos estarían más satisfechos si su señor pudiera sentarse en el centro del banco. Con su alta complexión, debía pesar el doble que Emilia, aunque ella tuviera unas curvas demasiado pronunciadas, como había observado Lady Cinthia.

Emilia contuvo la respiración cuando el Sr. Banbrook tomó las riendas, pues sería una farsa que no pudiera manejar a los caballos tan bien como se merecían. Expulsó el aire contenido, aliviada cuando él guió el pequeño carruaje hacia el tráfico con la seguridad despreocupada de la habilidad. Navegó por el leve caos de Charlotte Square con facilidad.

Cuando llegaron al parque, el humor de Emilia se había distendido. El día era bueno, incluso más luminoso que el anterior y con una ligera y cálida brisa. Iba en el vehículo más elegante que jamás había visto, tirado por unos córceles sin igual, con un inglés alto y atractivo a su lado. No se preocupó por el hecho de que él no fuera su inglés alto y guapo, sino que disfrutó de la belleza del viaje.

El Sr. Banbrook integró su coche en el desfile de vehículos que daban vueltas por el parque, con la alta burguesía de cada uno de ellos exhibiéndose ante los demás. Llevaba su mejor vestido de día, pero Emilia se dio cuenta de que parecía un poco desaliñado para la ocasión. Otras mujeres llevaban sombreros repletos de adornos, sostenían sombrillas que ofrecían una sombra halagadora y moteada, y lucían brillantes joyas. Esperaba que el Sr. Banbrook no se sintiera avergonzado por su aspecto. Ciertamente, ella no era lo suficientemente fina como para ocupar su carruaje.

No pudo reprimir un pequeño suspiro. ¿Cómo podría atraer a un marido? No tenía dote, ni la gracia de Lady Cinthia, ni los fondos suficientes para comprar ropa que disimulara ninguna de las dos condiciones.

—¿Suspira, señorita Glasbarr?—El tono del Sr. Banbrook seguía siendo neutral, aunque ya no tan frío.

Emilia se llevó una mano a la boca. Suspirar era de mala educación. A decir verdad, no había necesitado la escuela de refinamiento para saberlo.

—No estoy entablando una conversación adecuada, lo sé—continuó el Sr. Banbrook—. Por favor, perdóneme.

Ella dejó caer su mano.

—Oh, no, el error es mío. Se supone que debo iniciar una conversación, creo. Sobre el tiempo, o tal vez los clásicos. Al estar un poco abrumada por la exhibición ante mí, lo olvidé.

—¿La exhibición?—Giró la cabeza y observó los otros carruajes—. Edimburgo necesita un parque más grande.

—Creo que el parque es precioso—¿Pensaba que sus ciudades inglesas eran mucho más grandiosas?—. No todos los lugares son Londres, o quieren serlo—Volvió a llevarse la mano a la boca cuando su tono agraviado le llegó a los oídos. Tenía que aprender a cerrar la boca y mantenerla cerrada.

El Sr. Banbrook la miró con recelo.

—Lo cual es una suerte. El mundo sería un lugar aburrido si todas las ciudades fueran iguales.

Emilia asintió con la cabeza, sin confiar en su capacidad para hablar. Siguieron cabalgando en silencio. Con el ánimo decaído una vez más, ella buscaba un tema seguro.

—¿Te refieres a las otras damas, supongo?— dijo el Sr. Banbrook—¿Tu suspiro fue de envidia?

Así que se había dado cuenta de su atuendo poco elegante. No es de extrañar, ya que no se puede ocultar su vestimenta. Emilia se encogió de hombros.

—Se ven muy bien, pero mi suspiro no fue por envidia. Más bien, desesperación. ¿Cómo puedo atraer a un marido, cualquier marido, con semejante despliegue? Ningún hombre se fijará en mí.

—Si miras a tu alrededor, creo que encontrarás a muchos hombres fijándose en ti.

—Se fijan en usted, Sr. Banbrook, en su carruaje y sus caballos. Si me miran a mí, solo lo hacen para preguntarse por qué el señor se haría compañía de alguien tan despreciable.

—Si alguno sugiere eso, lo pondré en su lugar— respondió él.

Emilia sintió que un rubor la amenazaba, pues sus palabras parecían extrañamente sinceras.

—Eres la criatura más seductora de este parque—continuó—. A los hombres no nos importa cuán decorado sea el sombrero, ni los vestidos adornados a la última moda. A menudo ni siquiera nos fijamos en esas cosas. O la falta de joyas.

Su mano se dirigió de nuevo a su garganta. ¿Sabía él que el vizconde Dunreid le había regalado un collar? ¿Era por eso por lo que estaba tranquilo, por lo que no dejaba de mirarle el cuello? Pero muy poca gente lo sabía. No se habría enterado de tal detalle por el vizconde.

No, si el Sr. Banbrook lo sabía, la información solo pudo venir de la vizcondesa. Por lo tanto, estaba acompañando a Lady Cinthia. Emilia reprimió otro suspiro. La idea era como si alguien la cubriera con un manto empapado. Darse cuenta de eso le robaba toda la alegría potencial del día.

En lo alto, una nube esponjosa se deslizó por el sol. Emilia entornó los ojos hacia el cielo, descubriendo que la repentina oscuridad se ajustaba a su estado de ánimo. Al otro lado de la extensión abierta en la que cabalgaban, podía ver la luz del sol en otras zonas del parque. La luz hacía brillar las joyas de las damas.

—Ahora sí que está dejando escapar la conversación, señorita Glasbarr—dijo el Sr. Banbrook. La observó con el rabillo del ojo—. He mencionado su falta de joyas.

—No tengo joyas, Sr. Banbrook. Aunque no creo que mi falta de adornos sea un tema apropiado para discutir después de tan breve tiempo conociéndonos, diré que, si alguien observara que no llevo, por ejemplo, un collar, e intentara rectificar la ausencia, ciertamente devolvería tal artículo— Intentó apartar de su mente la decepción que él tuvo en su relación con Lady Cinthia para poder entender por qué era tan insistente con el colgante.

—¿Lo harías, de verdad?

—Lo haría—dijo ella con firmeza. Él debía querer saber si estaba perdiendo el tiempo, concluyó. Si ella había aceptado un regalo de Dunreid, el Sr. Banbrook no tenía ninguna razón para ayudarla—. Quedarse con un regalo así, y mucho menos llevarlo, equivaldría a aceptar la propuesta de un caballero. No lo haría a la ligera.

—¿Incluso si el objeto en cuestión fuera muy valioso? ¿Algo que pudieras vender más adelante?

—Sobre todo en ese caso—dijo ella, un poco exasperada. ¿Deben los ingleses ser siempre tan enrevesados?

—Es bueno saberlo, y me disculpo por mi tema inadecuado.

Resistió el impulso de poner los ojos en blanco. El Sr. Banbrook era muy inglés. Con unos modales impecables, hacían lo que querían y luego se disculpaban con el mismo aplomo. Un escocés le habría preguntado si había aceptado el regalo, habría tomado su no como un sí y se habría ido a desafiar al vizconde Dunreid.

Parte de su exasperación desapareció. No, no lo desafió, porque el Sr. Banbrook no era su pretendiente. Solo estaba allí para encontrarle uno.

Capítulo Ocho

ROBERT NO PODÍA LEVANTARSE EL ÁNIMO. Estaba siendo un mal compañero, pero ¿cómo podría ser de otra manera? Saber del regalo de Dunreid a la señorita Glasbarr, y la forma en que ella miraba su costoso carruaje, lo habían puesto en un estado de ánimo terrible. Había pensado que ella no se dejaría convencer tan fácilmente por una muestra de riqueza.

Entonces, llegaron al parque y él pudo leer su envidia. Ella deseaba vestidos, sombreros y joyas, como cualquier otra joven señorita. Su suspiro desmintió su charla sobre arte y música. Su avaricia lo amargó. No era la mujer que él había pensado.

No hablaba de envidia, sino de temor a quedarse corta en comparación con las damas de su entorno, pero eso era absurdo. Seguramente, encerrada en una escuela de mujeres jóvenes, tenía muchas oportunidades de compararse y darse cuenta de su belleza. Vestida a la última moda o con un vestido de segunda mano, ninguna de ellas podía igualar a la señorita Glasbarr. Que ella no fuera consciente de ello era imposible.

Robert se esforzó por aliviar la tensión de su mandíbula. También negó haberse quedado con el regalo de Dunreid, más un pago por futuros pecados que un regalo, como ella debía saber. ¿Podía creerle? No quería ver a otra mujer siéndole arrancada por Dunreid.

Movió las riendas para aumentar el ritmo.

No la despojaron de él. De su cuidado. No la estaba cortejando, era su acompañante. ¿Por qué había permitido que Stirling lo convenciera de una tarea tan ridícula? Robert no sabía nada de encontrar una pareja para una mujer joven. Ni siquiera podía encontrar una pareja para sí mismo.

—¿Desea dar la vuelta a un ritmo más rápido?— preguntó la señorita Glasbarr—. Creo que eso es contrario a lo que hace la mayoría.

Además de buscar un marido adinerado, ¿ella criticaría cómo manejaba su carruaje?

—¿Le gustaría conducir?

Ella dirigió sus ojos hacia él, brillantes por la sorpresa y... ¿el ansia?

—¿Me lo permite? Son un buen tronco. Nunca he tenido la oportunidad de guiar Cleveland Bays.

Por Dios, ella sí que deseaba conducir. Levantando las cejas, él le ofreció las riendas. Esperaba que hacerlo no fuera la decisión más tonta de su vida.

La sonrisa de felicidad de Emilia cuando aceptó las riendas fue una recompensa instantánea para él y le quitó parte de su ira. Sus ojos color avellana, que reflejaban los colores del parque y del cielo, eran totalmente inocentes. Con manos seguras guió los bayos. En unos instantes, se lo ganó con su competencia.

Libre del deber de dirigir su animado carruaje, estudió a la joven a su lado. Sus rizos dorados rebotaban al compás del movimiento del carro. Con la espalda recta, se encaramó al borde del asiento, con la emoción de que se le permitiera conducir, aunque mantuvo las manos suaves en las riendas.

Parecía una niña a la que le acaban de dar un gatito muy deseado. Ansiosa, pero tierna.

Robert se frotó la nuca, en un intento de aliviar la tensión. Estaba siendo un tonto. Había dejado que Cinthia y sus artimañas se colaran en sus pensamientos y le hicieran ver traición y avaricia donde no existían. La señorita Glasbarr, con su vestido obviamente de segunda mano, cosido para parecer a la moda de la ciudad, era bastante joven. Él sabía lo suficiente sobre las mujeres y sus inseguridades para entender que ella temía ser ignorada.

En lugar de permanecer en ese oscuro lugar donde vivía el corazón conspirador de Cinthia, debía intentar mejorar la confianza de la señorita Glasbarr. Convencerla de que nunca sería opacada. Solo un tonto no reconocería su dulzura y belleza. Por supuesto, la mayoría de los jóvenes calificaban de tontos.

Recordando su deber, Robert miró a su alrededor a los demás caballeros del parque. Algunos miraban a la señorita Glasbarr con aprecio, mientras que otros se mostraban obviamente incrédulos al verla con las riendas. De un vistazo supo que ella no se percataba de los demás. Con expresión alegre, guiaba el carruaje por las avenidas del parque casi tan bien como lo haría él.

—Ahí está el señor Campbell —dijo Robert—. Has bailado con él. ¿Quizás deberíamos saludarlo?

La señorita Glasbarr giró la cabeza hacia Campbell y frunció el ceño. Robert se preguntó si ella no estaba tan segura con los caballos como parecía. Dar la vuelta a las bayos y volver a unirse al desfile, acercándose al carruaje dorado de Campbell, sería complicado.

—Creo que deberíamos continuar—dijo—¿Sería ingrato por mi parte, después de que la molestia que se tomó usted al presentarnos?

—Puedo traer el carruaje, si eso es lo que le preocupa—se ofreció Robert.

Ella le lanzó una mirada de sorpresa.

—Oh, no, ese no es el problema. Es su caballo.

—¿No le interesa?—Definitivamente, ella no había mirado bien a los suyos si no podía ver lo fino que era el caballo de Campbell.

—Es espléndido, pero ¿un semental purasangre enganchado a un cabriolé para dar un paseo por el parque? Eso es criminal. Ese caballo nació para correr y saltar. No hay posibilidades de que me comprometa con un hombre que enganche ese caballo a un pretencioso carro con incrustaciones de oro.

Robert se rio. Ella lo miró con los ojos muy abiertos. Sus mejillas enrojecieron, pero aun así él se rio. Ella estaba claramente ofendida. Se le dibujaron líneas gemelas en su frente. Su indignación era adorable. Él deseó contener su diversión pero le resultaba difícil, ya que las palabras de ella reflejaban su opinión.

—No es gracioso—dijo la señorita Glasbarr—. Si pudiera manejar a la criatura, enganchar a ese semental a un carro podría tener cierta excusa, pero es evidente que es un peligro para todos los que le rodean.

Robert se rio más fuerte. Las lágrimas le nublaron la vista. Era consciente de las miradas escandalizadas de cualquiera que estuviera lo suficientemente cerca para escuchar, pero no podía parar. ¿Cuánto hacía que no se reía? Salvo alguna risita ocasional, años, estaba seguro.

—Me alegro de que encuentre divertido la inminente desbocada de un purasangre entre la alta burguesía de Edimburgo—Su tono era ligero. Le ofreció una sonrisa tentativa.

Robert respondió con una propia, todavía conteniendo la risa anterior.

—Conduzca entonces, querida señora, y veremos si nos encontramos con un caballero cuyos caballos, carroza y habilidades cuenten con su aprobación.

—Muy bien, entonces—Ella dio un ligero golpe a las riendas y los bayos aceleraron el paso.

El resto de la tarde transcurrió de forma más alegre. Robert descubrió que la señorita Glasbarr, criada en el campo, conocía de caballería y estaba más que dispuesta a hablar de los ejemplares de sus compañeros. En primer lugar, ella le informó de que su instructor de etiqueta les había prohibido conversar con los caballeros sobre esos temas a menos que se les presionara mucho, pero Robert lo dejó pasar. Se estaba divirtiendo demasiado como para preocuparse por tontas formalidades.

Cuando retomó las riendas para conducirlos a casa de Lady Peddington, Robert se sorprendió al darse cuenta de lo bajo que estaba el sol. Hizo que los caballos, algo agotados, se detuvieran ante la elegante escuela hecha de piedra para señoritas, pero él no se movió para ayudar a bajar a la señorita Glasbarr. Era consciente de los ojos expectantes que lo miraban. Había sido una tarde demasiado buena para permitir que el paseo terminara.

—Bueno, señorita Glasbarr, ¿ha descubierto hoy al caballero de sus sueños en el parque?—Mantuvo su tono ligero, aunque una pesadez se instaló en él mientras esperaba su respuesta. Ninguno de los hombres con los que habían hablado era digno de ella.

Ella volvió el rostro hacia las manos enguantadas en su regazo.

—No estoy segura—Un rubor iluminó sus mejillas.

Aunque su respuesta significaba que había fracasado en su deber con ella, la pesadez lo abandonó. No quería verla conformarse con un caballero indigno. Alegre de nuevo, aseguró las riendas y bajó de un salto, luego se acercó para ofrecer su mano.

Unos ojos azules y verdes le miraron desde un rostro todavía sonrojado. Robert le tendió la mano. Con una mano recogiendo su falda, la señorita Glasbarr puso la otra en la suya. Incluso con guantes, eran dedos finos y delicados. Tendría mucho cuidado a quién se los entregaba, suponiendo que pudiera encontrar un solo hombre en Edimburgo que mereciera la pena.

—Gracias por una tarde maravillosa, Sr. Banbrook.

— El placer fue mío—dijo él, y la ayudó a bajar.

Ella no se apartó al llegar a la calle. Su mano se estrechó en la de él.

—¿Volveré a verlo?

—En el próximo baile—aceptó él.

La señorita Glasbarr le dedicó una bonita sonrisa.

—Gracias—Ella soltó su mano.

Él cerró los dedos sobre el calor que dejaba su mano y la vio alejarse. Con las dos manos levantando ligeramente la falda, subió con elegancia los escalones. La puerta de la escuela se abrió. Ella miró hacia atrás, todavía sonriendo, y desapareció dentro.

Robert dejó escapar una lenta respiración. Encontrar a un caballero era una tarea más formidable de lo que había previsto. La ciudad estaba inundada de tontos, cobardes y sinvergüenzas. Ni un solo caballero reunía la mezcla adecuada de inteligencia, amabilidad y vivacidad para la señorita Glasbarr.

Tratando de sacudirse la inquietud que se instaló tras su ausencia, Robert volvió a subir a su carruaje y se dirigió a su club. Como el lugar se negaba a tranquilizarlo, se quedó solo para comer, renunciando a su habitual whisky. Muy pronto, volvió a subirse a su carruaje. Mientras maniobraba con su equipo por las calles atestadas de gente que buscaba la fiesta de la noche, volvió a pensar en su día en el parque, y en su seductora compañera, y por fin logró una apariencia de paz.

Al llegar a su casa, dejó el coche con sus sirvientes y subió las escaleras. Como de costumbre, la puerta se abrió antes de que llegara al último escalón. A diferencia de lo habitual, su mayordomo tenía el ceño fruncido y preocupado.

—Señor.

—¿Cuál es el problema, Edwards?—preguntó Robert mientras se quitaba el sombrero y los guantes.

—No estoy seguro de que haya problemas, señor.

—Sí, los hay, o no tendría esa expresión adusta—Fuera cual fuera el problema, Robert estaba decidido a resolverlo rápidamente. No volvería a su anterior estado de ánimo sombrío. Para alejar su malestar, conjuró el recuerdo de Emilia al aceptar las riendas.

—Una dama llegó mientras usted estaba fuera. Insistió en que la dejaran entrar. Una vez dentro, ignoró todas las protestas y entró en sus aposentos privados, señor. No hemos podido sacarla—Los rasgos de Edwards se desencajaron en una mezcla de desaprobación y preocupación—. No estábamos seguros de cómo ser firmes, señor. Ella insiste en que es esperada y bienvenida, y le ha estado haciendo exigencias al personal.

La ira se endureció en el pecho de Robert y le robó su breve alegría.

—¿Una dama? Supongo que te refieres a Cinthia.

—Así es, señor. La vizcondesa Dunreid, señor— dijo Edwards, en un recordatorio no demasiado sutil del estatus de Cinthia—. No quiero entrometerme, señor, pero ¿es esperada y bienvenida?

No había duda de la desesperación en el tono de su mayordomo. La pregunta sería impertinente, si todo el personal no hubiera sido desarraigado y arrastrado a Edimburgo en la persecución de Cinthia por parte de Robert, y luego obligados a soportar que él mismo se arrastrara a la miseria durante meses. Podía imaginarse lo angustiada que estaba toda la casa por la presencia de ella allí.

—Ella no es ni esperada ni bienvenida—dijo Robert—. Me encargaré de esto, y tienes mi futuro permiso para prohibirle la entrada al recinto.

—Gracias, señor—Edwards casi sonrió—. ¿Hago que traigan un carruaje para llevar a la dama a casa? Ha llegado en un coche de alquiler.

—Sí, inmediatamente.

Robert se dio la vuelta y subió los escalones de dos en dos. ¿En qué estaba pensando ella, viniendo sola a su casa? ¿Ir a sus habitaciones? ¿Había perdido la cabeza? No se molestó en domar su furioso paso, insatisfecho porque la gruesa alfombra silenciaba sus pisadas. Al llegar a la puerta de su habitación, no se detuvo, la abrió de golpe y entró.

Se detuvo. Las velas llenaban la habitación con una luz vacilante. Un fuerte aroma se extendía entre las sombras, un miasma casi visible de tentáculos cargados de miel. Recostada en el centro de su cama, encima de la ropa de cama, vestida con una confección de seda y encaje que mostraba más que ocultaba, yacía Cinthia, con un libro en la mano.

Los ojos, redondos por la sorpresa, se cerraron. Se abrieron con una mirada seductora. Una sonrisa curvó sus labios.

—Robert. No te esperaba tan pronto—Cerró el libro y lo dejó caer sobre el lado de la cama para aterrizar en la alfombra con un suave golpe—. Pero me alegro de que estés aquí.

—¿Qué diablos haces en mi cama, Cinthia?—Él fijó su mirada en su rostro. Maldita sea si él la satisfacía con siquiera una mirada al sur de su barbilla.

Ella se estiró, su sonrisa se amplió.

—Esperando por ti.

—Fuera.

La sorprendida sacudida de su cabeza se convirtió en un encogimiento de hombros. Su expresión tímida vaciló.

—Sé que no lo dices en serio, Robert.

—Al contrario, lo digo en serio—Tuvo que forzar las palabras a través de los dientes apretados—. Quiero que te vistas y salgas de mi cama.

—¿Oh? ¿Quieres quitarme la ropa tú mismo?—Ella se puso de rodillas en medio de su colchón, la seda y el encaje formando una especie de laguna a su alrededor—Todavía llevo puesto lo suficiente para que tengas el placer.

Robert cerró los ojos. Su pulso latía con fuerza. Todo su cuerpo se inclinó hacia la sirena de su cama. Su cuerpo, pero no su mente, y nunca más su corazón.

—No lo haré, Cinthia. Ahora eres de Dunreid.

—¿Lo soy?—La dureza de su tono le hizo abrir los ojos—¿Soy una propiedad, entonces? ¿Una posesión de un hombre? ¿Ya no soy mía?

—No es eso lo que quiero decir—Sus palabras fueron demasiado suaves. Era tan hermosa a la luz de las velas. ¿Cuántos años había esperado para tenerla?—. Eres su esposa.

—Sin embargo, él puede conseguir su placer donde quiera—Ella llevó sus manos al cobertor y se arrastró hacia él a través de la cama, con los ojos puestos en los suyos—. ¿Por qué no puedo? ¿Por qué no podemos, Robert?

Él no pudo evitar observar la forma en que ella se movía. ¿Por qué no pueden? Sacudió la cabeza para despejar el hechizo que ella tejía.

—Tal vez sea así como quieren vivir tú y Dunreid, pero yo no.

—¿Quieres que crea que una vez que te cases, nunca te alejarás?—Su voz de seda volvió a ser suave, burlona. Llegó al borde de la cama y se puso de rodillas—¿Ni siquiera un poco?

—Me casaré por amor, y nunca me alejaré—Apenas podía distinguir sus propias palabras.

Ella abrió los brazos de par en par. El cabello rubio pálido caía en cascada por su espalda.

—Te ofrezco todo lo que siempre quisiste. Lo que siempre quisimos.

Robert dio un paso atrás.

—No—graznó con la garganta seca como la ceniza. Sacudió con más fuerza la cabeza—. Esto no es lo que quería. Quería desayunar cada mañana. Quería ver crecer a nuestros hijos—Dio otro paso atrás—. Quería una vida juntos.

—Todavía podemos tener un hijo, y será un vizconde algún día—Ella alisó sus manos por su cuerpo y ajustó su rostro para mirarlo a través de sus gruesas pestañas—. No puedes decirme que no sueñas con esto.

—¿Con acostarme con la mujer que una vez amé para que pueda criar a mi hijo como heredero de otro hombre?—El sonido que salió de su garganta se parecía poco a una risa.   —Ese no es mi sueño.

Sus labios se tensaron hacia abajo, silenciando su perfección de arco. Los ojos azules se estrecharon.

—Es esa mierda escocesa, ¿no? Los dos están enamorados de ella. Mi marido porque cree que será una perrita fértil y tú... creía que simplemente querías quitarle algo, pero ahora veo que te apetece enamorarte.

Robert parpadeó. ¿Enamorado? Una imagen del rostro abierto y sonriente de Emilia, borró la belleza traicionera que tenía ante él. Enmarcado en una cabellera bañada por el sol, ese rostro era todo lo bueno.

—Crees que ella es mejor que yo, ¿no? Que es dulce, inocente—El tono de Cinthia era duro ahora, feo—. Bueno, entrarás en razón cuando ella te traicione. Ella no es rival para la persistencia de Dunreid. Tiene el olfato de un foxhound. Nunca lo superarás, Robert. No eres lo suficientemente hombre para tomar lo que quieres antes que él. Una vez que ella sea suya, vendrás arrastrándote hacia mí, solo y con el corazón roto, y tendré lo que necesito de ti.

La voz dura de ella lo atravesó, lo enfrió, calmó su pulso de martilleo.

—¿Es así, Cinthia? ¿No fui lo suficientemente hombre para mantenerte?

—No lo fuiste, y ahora no eres lo suficientemente hombre para quedarte conmigo—espetó ella.

Cruzó hacia la cama, con la ira viva en su interior.

—Lloré nuestro futuro, Cinthia. Lo lloré, como a un amante muerto, pero no fui yo quien lo mató—Recorrió sus ojos de arriba a abajo, y no vio belleza, sino una exhibición desesperada y vulgar—. Me alegro de que Dunreid haya aparecido. Me impidió cometer el mayor error de mi vida.

Ella jadeó, con el rostro blanco.

Robert se dio la vuelta, un poco sorprendido de haber dejado la puerta abierta. Se encogió de hombros, ya que sus sirvientes también podían escuchar. Tal vez su respuesta a ella los tranquilizara.

—Robert—Dijo Cinthia en tono suplicante.

Él no se volvió. Mientras salía de la habitación, dijo:—Enviaré a una criada para que te ayude a vestirte. Ya tengo el carruaje preparado.

Una retahíla de invectivas le siguió por el pasillo. La estridencia de Cinthia se desvaneció al bajar los escalones. Encontró a Edwards en el vestíbulo.

—Envía a alguien para que ayude a Lady Cinthia a ponerse sus ropas—dijo Robert—. Estaré en mi estudio. Avísame cuando se haya ido.

—¿En su estudio, señor?—El rostro de Edwards se hundió de preocupación—¿Necesitará una nueva botella de whisky, entonces, señor?

Robert frunció el ceño. ¿Lo necesitará? La sonrisa de Emilia revoloteó por su mente.

—No, Edwards, creo que no.

Capítulo Nueve

EMILIA SE DESPERTÓ LA MAÑANA DEL TERCER BAILE con sentimientos encontrados. Deseaba encontrar un marido y quedarse en Edimburgo, pero el segundo baile y su paseo por el parque no habían producido ningún candidato adecuado. Esto se debía en parte a que ninguno de los hombres disponibles parecía estar interesado en ella, o más bien lo suficientemente interesado como para desafiar al vizconde Dunreid, pero también porque, para su desesperación, se había dado cuenta de que solo un hombre le convenía... el Sr. Banbrook.

Robert, como lo llamaba ahora en la intimidad de sus pensamientos, era todo lo que esperaba de un marido, y más. También era lo que ella nunca imaginó que quería, pero ahora sí. Él reprimía sus pasiones. Atraer a un hombre era un placer que ella nunca había experimentado. En el parque, cuando él había reído con tanta fuerza y libertad, ella había renunciado a cualquier esperanza de conservar a salvo su corazón.

Sin embargo, dos obstáculos impedían perseguirlo. Puede que aún ame a Lady Cinthia, y no está en el mercado para una esposa. Emilia suspiró.

Estos obstáculos ocupaban sus pensamientos mientras pasaba la mañana. Por más vueltas que les diera, no podía dejarlos de lado. No podía encontrar la manera de superar, atravesar o evitar esas dos verdades. La desesperación comenzó a invadirla. ¿Cómo podría casarse con otro hombre ahora que conocía a Robert? Si no podía casarse, volvería al campo y moriría como una solterona, una carga para su familia para siempre. Casi se arrepiente del día en que escribió a Sir Stirling y trajo a Robert a su vida.

Necesitada de consuelo, fue al jardín a dibujar. No las flores que florecían ante ella, sino ceder al impulso de esbozar las bellas facciones de Robert. Una vez en la página, contempló su imagen con miseria hasta que no pudo soportar más el dolor, entonces se obligó a pasar a una hoja limpia. Decidida, empezó a dibujar los Cleveland Bays.

Había lograda una buena representación, una que creía que la señora Millview aprobaría, antes de que el familiar golpeteo de las pisadas de una criada llamara su atención. Emilia levantó la vista para descubrir que era, una vez más, el objetivo de Mary. Sintió una oleada de esperanza, pues tal vez Robert había venido a llamar, para dar alguna indicación de que la estimaba como ella lo hacía.

Mary le ofreció una caja.

—Otro paquete para usted, señorita.

—Gracias—dijo Emilia.

Tomó el paquete y esperó la salida de Mary, que fue casi inmediata. Emilia dio la vuelta a la caja envuelta en papel en sus manos. Esta vez, el mensaje estaba pegado en el exterior, y mostraba signos de haber sido abierto. Lo más probable es que Lady Peddington ya supiera lo que decía la nota. Con un encogimiento de hombros por lo que no se podía cambiar, Emilia abrió la página.

Para llevar esta noche.

Siempre, con el mayor afecto,

RB

Con las manos temblorosas, Emilia despegó el papel. La caja que había dentro era del mismo joyero que había utilizado el vizconde Dunreid, lo cual no era sorprendente. Lady Cinthia había dicho que eran los mejores de Edimburgo, lo que significaba el joyero de High Street. Probablemente, alguien más experimentado que Emilia habría reconocido su caja cuando le dieron el primer regalo. Con cuidado, abrió la tapa.

En su interior brillaba un colgante. El único zafiro, acentuado por varios diamantes pequeños, colgaba de una delicada cadena. La piedra era del mismo tamaño que la más grande del collar que Dunreid había enviado, pero la similitud terminaba ahí. Esta pieza era hermosa. Elegante. Perfectamente hermosa.

Emilia se llevó una mano a la boca. Se le nubló la vista de las lágrimas. Robert no había preguntado por las joyas porque se había enterado del collar. No estaba haciendo compañía a Lady Cinthia. Simplemente se había percatado de la falta, y había intentado averiguar sus sentimientos, y ella había dicho...

Apretó la caja contra su pecho. Dijo que si un caballero enviaba un regalo así, y ella lo aceptaba, sería como si aceptara una propuesta. Sin duda, no había ambigüedad en sus palabras. Las había aceptado, y el colgante era su respuesta.

Se puso en pie de un salto, haciendo volar los útiles de dibujo. Debía prepararse para el baile. Había elegido un vestido, pero la muselina rosa no le serviría. Debía probarse todos los vestidos adecuados, los pocos que había, y ver cuál mostraba mejor el colgante. Su cabello también debía ser perfecto, un marco para la pieza.

Sus manos temblaron al abrir la caja una vez más. El zafiro brillaba con la moteada luz del sol bajo el roble. Casi aturdida por la alegría, cerró la caja y se arrodilló para recoger las herramientas dispersas.

Emilia pasó el resto de la tarde en una nebulosa de felicidad. Entró y salió de los vestidos, probándose cada uno al menos tres veces. Se cepilló el cabello hasta hacerlo brillar, y rizó los mechones de seda, luego los acomodó y reacomodó para enmarcar perfectamente su rostro. Finalmente, cuando sintió que se había acercado lo más posible a la perfección con sus curvas poco estilizadas y sus mechones amarillos, se abrochó el colgante al cuello.

La hora del baile sonó en las campanas de la iglesia de Edimburgo, y toda la ciudad cantó junto con su corazón. Temblando de emoción, Emilia se encaramó al borde de su cama para ponerse las zapatillas. Una vez puestas, no se levantó, sino que se quedó donde estaba y respiró profundamente. No sabía qué había hecho para merecer la consideración de Robert, pero estaba infinitamente agradecida. Su mano se dirigió al colgante para asegurarse de que el regalo era real. Inspiró otra vez una larga y tranquila bocanada de aire.

Por fin se recompuso lo suficiente como para aventurarse a salir, se puso de pie, cruzó la puerta y se escabulló de su habitación. El pasillo estaba desierto. Sus pies calzados con zapatillas no hacían ningún ruido en la fina alfombra, aunque el leve crujido de su falda llenaba el silencio. Con pasos ligeros, bajó las escaleras hasta el vestíbulo.

Deseaba encontrarse con él a solas, allí, donde se habían conocido. De alguna manera, sabía que él llegaría tarde, como aquella vez. Lo haría con la esperanza de encontrarla esperando. Emilia sonrió. Si se equivocaba, no se haría ningún daño. Podía buscarlo en el salón de baile y contarle su tontería. Tal vez él se reiría. A ella le encantaba su risa.

Emilia se colocó bajo el gran candelabro que colgaba en el centro del espacio abovedado, para que el colgante brillara, y trató de esperar con calma. Era consciente de que el mayordomo y los lacayos le dirigían miradas disimuladas, pero las ignoró. Si la habían ignorado cuando Dunreid le había endilgado su indeseada atención al comienzo del segundo baile, podían ignorarla ahora, cuando esperaba llena de alegría.

Llevó las manos a los lados, luego las juntó delante de ella, luego detrás. Decidió que debía volver a tenerlas a los lados cuando se oyeron fuertes pisadas en el pasillo que conducía al salón de baile. Se tensó. En sus escasos encuentros, había llegado a reconocer esa pisada agresiva. El vizconde Dunreid arruinaría su encuentro con Robert.

La mirada de Emilia se fijó en la puerta de la servidumbre, oculta en el revestimiento, que ahora estaba cerrada mientras los lacayos permanecían a un lado, esperando a más invitados. La pequeña habitación la había salvado antes, y lo haría de nuevo.

Se acercó de puntillas a la puerta. Se negó a mirar a los lacayos y al mayordomo y abrió el panel. En el instante que precedió al cierre de la puerta, vislumbró abrigos y sombreros de copa y se vio envuelta en lana y fieltro. Algo suave rebotó en su cabeza y cayó al suelo. Un sombrero, se dio cuenta.

La luz se colaba por el ojo de la cerradura, disimulada en las volutas del revestimiento exterior, e iluminaba un único parche del gabán de algún caballero. Apenas se atrevió a moverse por miedo a derribar la pila de sombreros de copa. Con cuidado, se giró y se puso en cuclillas hasta quedar a la altura del picaporte. Puso el ojo en el ojo de la cerradura y se echó hacia atrás.

Fiel a su temor, el vizconde Dunreid se paseó por el vestíbulo. Su corazón se aceleró. En su afán por encontrarse con Robert, había ignorado que el vizconde también la había encontrado en el vestíbulo al comienzo del último baile. ¿Por qué, oh por qué, no se le había ocurrido que Dunreid podría buscarla allí de nuevo?

Se armó de valor y volvió a mirar por el ojo de la cerradura. Caminó a lo largo de la pared frente a ella. Cuando llegó a un extremo y se giró, su mirada se fijó en su dirección. Ella se enderezó. Vaya, ¿había visto el brillo de sus ojos a través del ojo de la cerradura?

Aunque el revestimiento lo silenciaba, percibió las pisadas que se acercaban. Cerró los ojos con fuerza, aunque no sabía si eso ayudaría. Él se acercaba cada vez más. Intentó respirar en silencio.

Se oyeron más pasos, cerca de la parte delantera del vestíbulo. Se dio cuenta de que el mayordomo debía de haber visto llegar un carruaje y había abierto la puerta en previsión de nuevos invitados... lo que significaba que pronto se abriría también la puerta del guardarropa. Se puso a buscar, frenética. ¿Podría ocultarse tras los abrigos y pasar desapercibida?

Se adentró en el bosque de abrigos. La puerta del guardarropa se abrió. La luz se filtró a través de pequeños espacios entre las telas. Las telas pesadas fueron empujadas. La puerta se cerró. Oyó al lacayo alejarse a toda prisa, pero Dunreid y el recién llegado no se movieron.

—¿Otra vez acechando en los vestíbulos, Dunreid?—La voz de Robert estaba tan desprovista de calidez que la felicidad de Emilia se atenuó, aunque su ira no iba dirigida a ella.

—Buscaba a una tal señorita, pero me conformo contigo—El vizconde Dunreid sonaba igualmente hostil—. Tenemos que hablar, Banbrook. Si tiene suerte, no te lanzaré un desafío.

Emilia se adelantó a través de los abrigos, deseosa de ver a Robert, aunque estuviera enfadado con Dunreid.

Robert soltó un bufido burlón.

—¿Desafiarme? Tú eres el que intenta arruinar a una joven inocente.

—Pero no soy yo quien intenta cornear a un vizconde.

Emilia se llevó las manos a la boca para contener su jadeo.

—Yo tampoco—Las palabras de Robert fueron cortadas.

—Entonces explícame cómo es que no hace ni cuatro días, mi esposa llegó a mi casa en tu carruaje, por la noche, completamente despeinada.

Con las palmas de las manos pegadas a la boca, Emilia se inclinó una vez más hacia el ojo de la cerradura. Necesitaba ver la cara de Robert para saber si la acusación de Dunreid era cierta.

La vista por el ojo de la cerradura era la parte trasera del abrigo de Dunreid.

—Tendrás que pedirle a Lady Cinthia los detalles—dijo Robert—. Es un asunto que es mejor mantener entre hombre y mujer.

¿Por qué no negaba el asunto? La cabeza de Emilia dio vueltas. Apoyó su frente en la puerta.

—Claro que sí—gruñó Dunreid—. Sé que probablemente pienses que me merezco que te lleves a Cinthia a tu antojo, pero por el amor de Dios, hombre, no es como si la hubiera secuestrado. Ella quería mi título tanto como yo quería dárselo.

—Estoy al tanto de las circunstancias de tu noviazgo, gracias—espetó Robert—. No te hagas el justo conmigo. Viste algo que no era tuyo y te propusiste tenerla.

—Tampoco era tuya, o no habría sido capaz— La voz del vizconde era dura—. Tenía la intención de hacerme a un lado, ya sabes. Dejar que te quedaras con la pequeña Glasbarr. Pero has cruzado la línea. Te lo has buscado tú, y ella. No lo olvides.

—Haz lo que puedas. La señorita Glasbarr es demasiado buena para ceder ante ti.

El corazón de Emilia se contrajo. Demasiado buena, ¿verdad? Pero no lo suficientemente buena para evitar que Robert, más bien el Sr. Banbrook, tuviera relaciones con Lady Cinthia. No lo suficientemente buena para ganarle el corazón a su primer amor.

—Oh, estoy seguro de que es buena, y quiero averiguar cuán buena es.

El tono lascivo de Dunreid llevó la bilis a la garganta de Emilia. Apretó los párpados mientras las lágrimas se derramaban por sus mejillas.

—Ten cuidado, Dunreid—La voz de Robert era grave. La ira se enroscaba en los bordes de sus palabras.

—No te preocupes, cuando termine con ella podrás recuperarla.

Se oyó un fuerte golpe. La puerta rebotó cuando algo se estrelló contra el revestimiento. Emilia se echó hacia atrás con un chillido y aterrizó en un montón de ropa en el suelo. Le llovieron sombreros de copa. Se echó una mano a la cabeza y enterró la cara en los abrigos caídos.

La puerta tembló. Un último sombrero golpeó su hombro. Levantó la cabeza.

—Haré que te encarcelen—gritó Dunreid—. ¿Crees que no colgaremos a un inglés?

Sonaron pasos. La puerta traqueteó. Emilia se arrastró hasta el ojo de la cerradura y se pegó a él. Habían llegado algunos de los lacayos más fornidos de Lady Peddington. Dos de ellos sujetaron a Robert mientras intentaba quitárselos de encima.

Secándose las lágrimas en las mejillas, Emilia se puso en pie entre los sombreros y abrigos derribados. No tenía sentido que Robert muriera por ella. No iría a Dunreid, pero tampoco le servía un hombre enamorado de la mujer de otro. Incluso la vida de soltera en el campo era preferible.

Abrió la puerta de golpe. El vizconde Dunreid y otro lacayo se volvieron hacia ella, al igual que el mayordomo de más allá. Robert se esforzó por evitar el agarre de los lacayos de Lady Peddington. Su mirada se posó en el colgante que ella llevaba y se aquietó.

—No hay necesidad de colgar a nadie—Emilia trató de dar fuerza a su voz, pero las palabras flaquearon—No es necesario que nadie se pelee por mí.

—¿Qué llevas puesto?—susurró Robert.

Emilia le lanzó una mirada suplicante. Devolvería el colgante inmediatamente, pero eso los asociaría de una manera que ahora sabía que no podría soportar. No se declararía comprometida con un hombre cuyo corazón nunca sería suyo, especialmente ante el vizconde Dunreid.

—¿Deseas que este hombre sea perdonado?—preguntó el vizconde Dunreid, con un tono oficioso.

Aunque sabía que Robert no se aferraría solo a la palabra del vizconde, y que probablemente tenía recursos a su disposición, también sabía que muchos de los miembros de la nobleza escocesa no sentían gran amor por sus primos ingleses, así que se volvió hacia el vizconde y asintió.

—Lo haría. Estaba defendiendo mi honor, pensando erróneamente que es su lugar para hacerlo.

La sonrisa del vizconde fue lenta, casi aturdida, pero terminó como una mueca.

—Muy bien. Por usted, señorita Glasbarr, retiraré mi queja contra él—Tiró de su chaqueta, enderezando la tela de brocado.

—¿Qué significa esto?—preguntó Robert, con voz apenas audible, con la mirada fija en el colgante.

—Significa, mi querido amigo, que pierdes, otra vez.

Emilia deseó poder golpear también al vizconde. Levantó las manos suplicantes hacia Robert.

—Significa... que...--Sacudió la cabeza, incapaz de encontrar las palabras. Aspiró una bocanada de aire, giró sobre sus talones y corrió.

Capítulo Diez

SENTADO EN SU CLUB, con el zumbido de alegres voces masculinas como telón de fondo de su miseria, Robert se quedó mirando su whisky. En su visión aparecía la imagen de Emilia, hermosa en un vestido azul pálido, con sus cabellos dorados alborotados y el zafiro de Dunreid en la garganta.

Su agarre se hizo más fuerte. Maldito sea Dunreid y su zafiro, y maldito... no, no podía condenar a Emilia. Si alguien más debía ser consignado al infierno, era Robert. Ni siquiera tendría que dejar su club. El infierno era el mundo en el que vivía.

Aflojó el agarre del vaso. Ya había roto en fragmentos uno esa semana. Tenía los cortes para demostrarlo. Sus ojos se desviaron hacia la jarra que había en el centro de la mesa, que solo se vaciaba cuando servía una nueva copa cada tarde. Un vaso que miraba fijamente pero que no bebía. Ni siquiera el whisky podía adormecer el dolor de la traición de Emilia.

Ni siquiera los sueños del continente le atraían. Ni los sueños de seductoras francesas o vivaces italianas. El suave arrullo del coñac, el vívido mordisco de la grappa. Ninguna cantidad de belleza exótica o de licor caro haría la diferencia. Los placeres habituales no importaban. Si Cinthia le había roto el corazón, Emilia había reparado el órgano torturado, lo había rehecho entero para luego coártalo en pedacitos con una cuchilla. Dejó el vaso, apoyó los codos en la mesa y dejó caer la cara sobre las palmas de las manos.

La silla que tenía enfrente se desplomó. La tela crujió cuando alguien se acomodó en el asiento. El vaso que tenía en el codo emitió un sonido sordo al arrastrar el pesado cristal por la mesa. El espeso aroma del perfume de Dunreid obstruyó la nariz de Robert y amenazó con amordazarlo. Oyó al vizconde tragar. El vaso volvió a caer sobre la mesa.

—No veo por qué eres tan lúgubre—dijo Dunreid—. Buen whisky.

Robert levantó la cabeza. Tantas maldiciones clamaban en sus labios que no pudo sacar ninguna— Imbécil sin remedio—consiguió finalmente.

Dunreid levantó las cejas.

—Mira, solo he venido para saber si sabes quién ha ganado a la jovencita Glasbarr. Me está volviendo loco no saberlo. Incluso fui a esa joyería, la de High Street. Admitieron haber hecho la pieza que ella llevaba, pero no me dijeron más.

Robert se quedó mirando. Intentó encontrarle sentido a las palabras de Dunreid.

—¿Sobornada?

—No actúes como si nunca hubieras sobornado a nadie—Entrecerró los ojos—. No me juzgues, Banbrook. Es lo menos que puedes hacer después de que no presenté cargos cuando te acostaste con mi esposa.

—No me acosté con nadie—murmuró Robert, con los pensamientos tan confusos como si hubiera estado bebiendo el whisky que Dunreid sorbía ahora—. ¿Te refieres al collar que enviaste?

—¿Te has enterado de eso?—Dunreid frunció el ceño, luego se encogió de hombros y bebió otro sorbo—¿Supongo que te lo ha contado? Una pieza preciosa. Diamantes, rubíes, esmeraldas y un gran zafiro. No sé cómo una chica puede resistirse a un objeto tan caro, pero lo devolvió. El joyero incluso devolvió la cuota. ¿Quién iba a pensar que un solo zafiro ganaría por encima de todo eso?—La expresión de Dunreid se tornó apenada—Por otra parte, Cinthia ha restaurado casi todo lo que le doy, así que tal vez mi gusto no atrae a las mujeres.

—¿No enviaste el zafiro?—Robert sacudió con fuerza la cabeza para aclarar sus pensamientos.

—¿Ese que usó en el baile? No insultaría a una chica comprándola con tan poco—Miró a Robert durante un largo momento—. ¿Me estás diciendo que no sabes quién envió ese mísero colgante? ¿De quién fue el favor que ella aceptó cuando no quiso tenerme?

—¿Cuando no te aceptó a ti?

—Eso es lo que he dicho. Cielos, hombre, ¿es tu segundo decantador?

—Pero dijiste que habías perdido,—soltó Robert, confundido—. En el vestíbulo, dijiste que yo había perdido.

—Que tú habías perdido, y yo también. Viste ese colgante que llevaba tan claro como yo. Una chica así no llevaría un regalo de un hombre en público para que todos lo vieran a menos que estuviera enamorada del tipo—Dunreid sacudió la cabeza—. No se puede competir con el amor. Soy lo suficientemente inteligente como para saber cuándo me han vencido.

—Pero perseguiste a Cinthia.

Dunreid le dirigió una mirada de lástima.

—Lo hice, y mantengo mis palabras. No se puede ganar a una chica enamorada—Dunreid bebió el resto del whisky y se puso de pie. Dejó el vaso sobre la mesa y se inclinó para mirar a Robert—. Tienes un aspecto horrible, Banbrook. Aféitate, haz que tu ayudante de cámara te vista para la noche y búscate una pieza dulce para olvidarte de todo. El Señor sabe que eso es lo que yo voy a hacer.

Robert observó al vizconde alejarse, con la mente en blanco. ¿No es el zafiro de Dunreid? ¿Quién, entonces? Alguien debía haber enviado el colgante, pero no Dunreid. Después de todo, Emilia no había aceptado ser la amante del vizconde. Él no la había comprado, ni le había ofrecido algo sin lo cual ella pensaba que no podría vivir, como había hecho con Cinthia.

Pero alguien lo había hecho. Robert se recostó en su silla y miró la pared del fondo. ¿El collar era un pago o una propuesta? Pensó en los hombres con los que Emilia había bailado y en los que habían visto en el parque. Ella no parecía inclinarse por ninguno de ellos.

Rara vez estaba de acuerdo con Dunreid en algo, pero el vizconde tenía razón, había que saber la verdad, y el joyero de High Street podría revelar quién había enviado el collar. Tal vez el encanto ganara donde las exigencias y el soborno no lo habían hecho, pues Robert estaba seguro de que ésa era la única táctica de Dunreid.

Se puso en pie y le hizo un gesto a un lacayo para que se acercara.

—Traiga mi carruaje.

—Sí, señor—El hombre, John, se apresuró a marcharse.

Largas zancadas llevaron a Robert fuera del club. Se paseó en la entrada hasta que apareció su carruaje. Sin esperar a que se detuviera del todo, abrió la puerta de un tirón. Solo se detuvo lo suficiente para decir:—El joyero de High Street, ahora—antes de subir.

El viaje en carruaje hasta High Street nunca le había parecido más largo. Se movió en su asiento, corrió la cortina una docena de veces. Con los dientes apretados, lo único que podía hacer era esperar a que llegara el carruaje.

Robert conocía la tienda, utilizada por los más ricos de Edimburgo, y al propietario. Había comprado allí varios artículos pequeños, pero caros, para Kitty. No había pensado en los adornos hasta ese momento, pero obviamente ella no había sentido la necesidad de devolverlos después de cancelar su boda. No es que él le envidie los recuerdos de su condenado noviazgo.

Cuando finalmente llegaron, Robert saltó del carruaje antes de que su lacayo pudiera bajar a abrir la puerta. Una vendedora de mejillas sonrosadas lo recibió en la puerta de la joyería, que abrió desde dentro, ofreciéndole a Robert una sonrisa con hoyuelos. Entró en ese lugar extremadamente limpio y casi escaso, en un estado mixto de curiosidad y desesperación que ocultó tras una expresión de aburrimiento. A su alrededor, contra el austero telón de fondo de paredes blancas y suelo oscuro, brillaban las gemas.

—Sr. Banbrook—saludó el propietario, con una sonrisa que hacía una maraña de arrugas bajo sus gafas y su cabeza calva—. Una buena tarde para usted, señor. ¿En qué podemos ayudarle hoy? Hemos adquirido unas maravillosas piedras nuevas desde su última visita.

—Hoy busco más bien información, Stevens—Robert se dirigió al mostrador.

—Ah, bueno, de eso andamos escasos, señor, como usted sabe.

Robert lo sabía. A menudo, parte de lo que se pagaba al hombre era el secreto.

—Sí, pero es una cuestión de corazón, ya verá—dijo Robert—. Mi corazón.

El joyero frunció el ceño.

—Me temo que no soy un experto en estos asuntos, señor, pero sea cual sea el problema, le irá mejor con un regalo de joyas.

—Es usted sabio como siempre, pero eso está por verse—Robert estudió las costosas piedras engastadas y las gemas sueltas expuestas ante él. ¿Cómo podría llevar la conversación a lo que deseaba saber? De repente, pudo simpatizar con las ganas de intimidar de Dunreid. Robert reprimió el deseo y probó otra vía—. Estoy seguro de que sabe, como todo Edimburgo parece saberlo, por qué he venido a esta bella ciudad.

Eso provocó una tos y una mirada de compasión que recordaba a la de Dunreid.

—Como usted dice, señor, toda la ciudad conoce su historia. Un inglés adinerado, arrojado por un título escocés. Muchas veces he oído repetir la historia—Su expresión se tornó tímida bajo unas pobladas cejas blancas—. Generalmente, con entusiasmo, por los escoceses. Luego sobre la señorita Kitty Thomas, que pronto será la señora Cathryn McMullin.

Robert hizo una mueca.

—No me había enterado de que estaba comprometida de nuevo tan pronto.

—Cariño de infancia, y un buen escocés.

—Me alegra saber que la señorita Thomas ha encontrado la felicidad—Robert se aclaró la garganta—. No es por ella por lo que he venido, como sin duda puede adivinar.

—Ha venido por el colgante de zafiro que envié a casa de Lady Peddington.

Robert asintió, sorprendido de llegar al punto tan fácilmente.

—No es el primero que pregunta por él.

—Eso he oído. Fue Dunreid quien me dijo que usted era la fuente del artículo.

Stevens levantó las cejas.

—No sabía que teníais una relación amistosa. Se rumorea que usted es la fuente de su ojo amoratado, no hace muchos días.

—Amigable no es la palabra correcta—Robert se encogió de hombros—. En cuanto a su ojo, admito que puede que no haya sabido mantener la calma.

Stevens apretó los labios en una fina línea y escudriñó a Robert.

—No informé al vizconde Dunreid sobre el origen del colgante enviado a la escuela—dijo finalmente Stevens. Su rostro se arrugó en una expresión de disculpa—. Nuestra política es no hablar de nuestros clientes.

—Lo sé, y lo respeto—Robert se inclinó hacia delante. ¿Podría apelar al corazón del anciano?—. Sin embargo, ¿hay algo que pueda decirme? Incluso la más pequeña cosa.

Stevens miró a su alrededor. La chica estaba ocupada en el otro extremo, encendiendo velas. Pronto, la tienda estaría iluminada para el tráfico de la tarde. Robert estaba familiarizado con el resplandor de las velas. Stevens trató de proporcionar la mayor cantidad de luz posible. Seguramente gastaba una fortuna en velas, pero obviamente compensaba el coste con las ventas.

—Las circunstancias me hacen reflexionar—dijo Stevens en voz baja—. ¿Puedo preguntar, Sr. Banbrook, por qué desea saberlo?

Unos ojos oscuros, enterrados en unos párpados arrugados, le miraron. Robert se detuvo a pensar en la pregunta. ¿Por qué lo hacía? ¿Qué haría él si la señorita Glasbarr hubiera aceptado convertirse en el juguete de algún hombre? ¿Exigir que se casara con él?

Definitivamente. Al instante.

¿Pero qué pasaría si ella hubiera descubierto el amor con otro hombre? ¿Se alejaría, o intentaría recuperarla, robarla? ¿Hacerle a otro lo que Dunreid le había hecho a él?

Sacudió la cabeza.

—Quiero ver que la señorita Glasbarr es feliz y está cuidada. Si... si considero que ella está contemplando una propuesta menos que honorable, le ofreceré matrimonio—Tragó, despejando el camino para forzar sus siguientes palabras—. Si ella está contenta, me retiraré.

Stevens lo estudió durante otro largo momento. Asintió con la cabeza.

—Es usted un buen tipo, para ser inglés—Dejó escapar un suspiro—. La verdad es que me preocupa que la chica esté siendo utilizada de forma abominable. Primero, el vizconde le envió un regalo que no debería haber enviado a una dulce muchacha de campo. Después, cierta dama entra en mi tienda con el mismo regalo, me paga para que le devuelva el dinero al vizconde y reponga las gemas. Eso no me habría importado. La dama en cuestión era a la que él debía regalarle las joyas.

La aprensión revivió en las tripas de Robert, retorciéndose hacia fuera para tensar cada miembro. Cinthia. ¿Cómo había acabado ella con el primer collar?

—Lo que me molestó fue que me hicieran enviar el zafiro más grande del lote a la escuela, y la tarjeta que me hizo escribir para acompañar el paquete— Otro movimiento de cabeza de Stevens, más lento— . Sabía que escribir esa tarjeta no estaba bien, señor, y siento que le he hecho daño tanto a usted como a la señorita Glasbarr, que es la única razón por la que hablo de un cliente. No debería haber accedido a hacer lo que la señora me pidió. No lo habría hecho, pero ella fue bastante insistente y estridente y, bueno, amenazó a mi negocio e incluso a mi persona. La verdad, Sr. Banbrook, es que estoy avergonzado, pero ella me hizo enviar ese colgante y firmar la nota con sus iniciales.

Puede que el mundo se mueva, pero Robert no. Se quedó mirando al joyero mientras la verdad se asentaba sobre él. Su ira se disolvió como la niebla de la mañana. Emilia pensaba que el collar venía de él, y llevaba su regalo. Para él.

Entonces, ¿por qué había aparecido tan afectada? Él había pensado, en ese momento, que su mirada horrorizada se debía a que él había descubierto su traición.

Robert pensó en ello. La conmoción se estrelló contra su floreciente alegría. Las palabras de Dunreid, su acusación. Emilia había escuchado la acusación de Dunreid.

—Aquí, señor—Stevens sacó un anillo de llaves. Se dirigió a uno de los muchos armarios cerrados detrás de él y sacó una caja con una nota. Se las acercó a Robert a través del mostrador—. Ella también devolvió esto. Vino ella misma. Me he sentido muy culpable. Dulce muchacha, y encantadora como ella misma.

Robert abrió la caja. El colgante de zafiro descansaba en su interior, todavía colgado de la cadena que había visto en el cuello de Emilia. Cerró la tapa y abrió la nota.

Para llevar esta noche.
Atentamente, con el mayor de los afectos,
RB

Leyó las líneas varias veces, eufórico y desesperado a partes iguales. Pensó que el collar era una declaración de su amor, y se lo había puesto.

Pero su expresión, cuando irrumpió desde el guardarropa para defenderlo... Obviamente, le había creído a Dunreid. Emilia pensaba que él seguía empeñado en Cinthia, una mujer que lo conocía tan bien. Lo suficientemente bien como para juzgar su reacción al ver que Emilia llevaba una joya que él no había enviado.

La ira le retorció el vientre. Maldita sea Cinthia, y maldito sea su temperamento explosivo. Tomó aire.

—Gracias, Stevens. Creo que ha hecho lo correcto. Tiene razón, la señorita Glasbarr ha sido tratada de forma abominable.

—No diga que yo le dije, señor—Stevens echó otra mirada a la tienda—. La señora fue bastante explícita sobre lo que me pasaría a mí y a mi medio de vida.

—Solo se lo diré a una persona, y le aseguro que ella no quiere saber nada de la vizcondesa Dunreid—Robert dobló la nota y empujó la página al otro lado del mostrador con la caja.

—Gracias, Sr. Banbrook—En los ojos de Stevens se encenció un brillo como el de las gemas que vendía—. Si todo sale bien, señor, piense en nosotros para futuros regalos para la joven.

Robert asintió, pues al final Stevens había hecho lo correcto. En un estado de ánimo más ligero, incluso le habría hecho gracia la sugerencia—Hasta entonces—Se marchó tan apresuradamente como había llegado. No estaba exactamente vestido para la noche, pero no le importaba. Tenía que asistir a un baile.

Capítulo Once

EMILIA NO SE PREPARÓ para el baile final. En lugar de eso, miró sus pertenencias para juzgar qué debía empacar primero. Mañana escribiría a su padre y le pediría que la llevara a casa. Sus sueños de vivir en Edimburgo, de una vida de teatro, música y arte, parecían ahora una tontería. Ella no pertenecía a la ciudad, con la gente compleja y voluble que la habitaba. Su lugar estaba en una pequeña casa con un jardín, y solo con gallinas y una cabra como compañía. Tal vez algún ganso ocasional. Tenían más sentido que los hombres como Robert Banbrook.

Se acomodó a los pies de su estrecha cama con un suspiro. Robert. Alto, guapo, con los ojos grises más fascinantes que jamás había visto. A menudo parecía retraído, incluso frío, pero cuando estaba feliz, riendo, la hacía feliz, su alegría, un raro regalo. Todo lo que ella había soñado.

Emilia sacudió la cabeza. No, no todo. Ella no soñaba con un hombre que estuviera perdidamente enamorado de la vizcondesa Dunreid. Solo una tonta soñaría con eso.

Tomó su libreta de dibujo y hojeó las gruesas páginas hasta llegar al rostro de él. Que el cielo la ayude, era una tonta, pues no podía dejar de pensar en él. Su corazón se aceleró al ver su rostro, incluso en una página.

Cerró el libro con un chasquido. Hacer las maletas para volver a casa, esa era su tarea. No preocuparse por Robert.

Un golpe la llevó a la puerta. La criada, Mary, esperaba al otro lado. A diferencia de otras veces que Emilia la había visto, Mary parecía infeliz. Emilia frunció el ceño.

—Hay alguien que quiere verle, señorita, en el salón pequeño.

¿El salón pequeño? Alguien con título, o rico. No Robert. De alguna manera, ella estaba segura de eso. Robert no le daría tal preocupación a Mary, ni siquiera en uno de sus estados de ánimo más oscuros.

Dunreid, entonces. ¿Aceptaría alguna vez un no por respuesta? La frustración floreció en Emilia. Apretó los labios en una línea dura. Esta vez, lo haría.

—Gracias, Mary. Ahora mismo bajo—Hizo el intento de cerrar la puerta, pero el pie de Mary le bloqueó el paso.

—Señorita, sé que no me corresponde decirlo, pero no creo que deba hacerlo.

—¿Perdón?—Mary nunca expresaba sugerencias. Ella era la criatura que Lady Peddington tenía para ver todo, informar todo, y no desarrollar apegos.

—La dama que le espera, la vizcondesa Dunreid, no puede tener nada que decir que usted quiera oír, señorita.

No Dunreid, sino su esposa, Lady Cinthia, que no había sido tímida en su deseo de no volver a poner los ojos en Emilia. ¿Qué podría haberla traído?

—Sea como sea, no puedo simplemente ignorarla.

—Podría decir que no la he encontrado, si quiere.

Emilia estudió la expresión de preocupación de Mary. ¿Preocupada por ella? ¿Por la escuela, si Lady Cinthia se enfadaba? Emilia estuvo tentada de aceptar la oferta.

—No, pero te lo agradezco. Hablaré con ella. Tal vez pueda acabar con el fiasco en que se ha convertido mi vida.

—Sí, señorita—Mary, con expresión neutra una vez más, asintió y se alejó.

Emilia cerró la puerta y se dirigió a su espejo. Llevaba su vestido más sencillo. Llevaba el cabello recogido de forma severa, sin rizos que ocultaran la redondez de su rostro. No tenía ni un solo adorno. No había ningún signo de sofisticación en ella.

¿Qué importaba su apariencia? A Lady Cinthia no le importaba. Ya la había juzgado hace mucho tiempo. Probablemente, Emilia se veía como la chica de campo sin arte que era. Eso complacería a la vizcondesa. Ofreció a su reflejo un encogimiento de hombros y se dirigió al pequeño salón. Allí se vería aún menos grande rodeada de la opulencia.

Lady Cinthia estaba enmarcada en la ventana, mirando hacia Charlotte Square. Emilia cerró la puerta silenciosamente tras ella, más como una amabilidad hacia Mary que para mantener la conversación en secreto. La escucha de la criada sería más fácil si podía pegar su oído a la puerta.

—¿Pidió verme, mi señora?

Lady Cinthia se volvió, con gracia en cada miembro. Emilia hizo una reverencia. Recibió una inclinación de cabeza tan regia como la de cualquier reina, seguida de un examen desdeñoso de su persona.

— Así es—dijo Lady Cinthia con su culto y marcado acento—. He venido a asegurarme de que las cosas estén claras entre nosotras, señorita Glasbarr.

—Me temo que no me di cuenta de que había algo entre nosotras, mi señora. Me considero menos que una conocida pasajera a sus ojos.

—Eres una muchacha inteligente, entonces, ¿no es así?

—No sabría decirle, mi señora.

—Mmm—Lady Cinthia hizo un gesto aireado—. He oído que Robert te regaló un collar, pero que huiste del baile antes de hablar con él—Se inclinó hacia delante, con un entusiasmo repulsivo en su rostro—. ¿Puedo preguntar por qué? ¿Estaba inexplicablemente enfadado contigo? Tiene emociones fuertes para tratarse de un inglés.

—No sé lo que era, mi señora. Yo misma estaba angustiada. Algo que escuché me molestó y tuve que marcharme—¿Qué podría querer la señorona? Emilia había rechazado a Dunreid, perdido... más bien, nunca había poseído a Robert. ¿Tal vez la vizcondesa quería que ella dejara Edimburgo, por completo? Bueno, tendría eso también—. Pero me temo que mi agudeza no es la que usted cree, si me considera inteligente. De hecho, estoy tan fuera de mi elemento aquí, que pienso volver a casa cuando mi padre lo considere oportuno.

Los ojos azules brillaron como el zafiro de Robert y su falsa promesa de su afecto.

—¿Planeas irte? Me alegro por ti, niña. Serás mucho más feliz de vuelta con los tuyos.

La ira parpadeó en Emilia, pero murió bajo el peso de la desesperación. La vizcondesa tenía razón. Emilia no pertenecía a Edimburgo. A pesar de su dedicación a la escuela de refinamiento, solo había ganado un corazón roto, y eso le dolía más que cualquiera de las crueldades de esta mujer. Dejo caer su mirada hacia el calzado de seda de Lady Cinthia, de color cobalto a juego con su vestido.

Las ricas telas crujieron cuando esas zapatillas acercaron a la vizcondesa.

—Pareces triste, niña. Me duele que te hayan maltratado tanto.

Emilia no creía en la simpatía de Lady Cinthia, pero sí se sentía bastante maltratada. Un dolor le llenó la garganta. Se encogió de hombros, ya que las palabras forzadas más allá de ese dolor saldrían llenas de lágrimas. No le entregaría su dolor a esta mujer.

—Sería mejor para ti, creo, si pudieras partir pronto—Falsa compasión se deslizó por la voz de Lady Cinthia—. ¿Por qué sufrir mientras esperas a tu padre? Un caballero campesino, supongo.

Emilia asintió.

—Estará doblemente ocupado en esta época del año—dijo Lady Cinthia—. No quiero que tengas que permanecer en este estado durante días, quizás semanas, incluso.

Una mano enguantada se posó en el hombro de Emilia. Ella trató de no encogerse ante el ligero contacto.

—Para compensar el mal trato que te han dado los hombres de mi vida, permíteme que te proporcione transporte. Contrataré un carruaje para llevarte a casa.

Emilia levantó la vista. Se estremeció al encontrar esos ojos azules tan cerca de los suyos, la esbelta vizcondesa mirándola desde abajo de los mechones rubios.

—Gracias—Aceptaría la ayuda de esa mujer, aunque solo fuera para no tener que volver a verla.

—¿Qué tal mañana por la mañana, entonces, querida?—La sonrisa de Lady Cinthia era de satisfacción.

—Eso sería maravilloso. Gracias, mi señora.

—Bien. Querrás hacer las maletas. No hay tiempo para el baile final.

—Oh, no, definitivamente no. No iba a asistir, de hecho. No me siento muy... alegre.

—Espléndido.

¿Cómo podía la mujer sonreír sin ninguna calidez? ¿Era la capacidad de falsificar completamente las emociones una habilidad particular de los ingleses? Si bien antes había anhelado visitar Londres, ahora Emilia había resuelto no viajar nunca allí.

—Me alegro de que hayamos tenido esta charla, señorita Glasbarr, y de que pueda ayudarla a volver a casa con toda prontitud.

—Yo también, mi señora—Lo estaba. Cuanto antes dejara Edimburgo, más pronto podría olvidar a Robert. Sería una tarea trascendental no recordar su risa, sus ojos grises. Pero un cambio de escenario seguramente ayudaría.

—Bueno, vete y haz la maleta, niña—El acento cortante de Lady Cinthia dispersó los pensamientos de Emilia.

—Gracias, mi señora—dijo por lo que parecía la décima vez. Hizo una reverencia y se fue. Mientras recorría los pasillos casi vacíos, esperaba que la vizcondesa hubiera quedado atrás para siempre.

Una vez en su habitación, Emilia sacó su baúl del almacén y dispuso su vestuario. El vestido que llevaba le serviría para viajar. No había traído mucho, ni había ganado mucho durante su estancia en Edimburgo. Una vez que se fuera, su vida sería casi igual que si nunca hubiera asistido a la escuela de Lady Peddington.

Para cuando el baile comenzó, Emilia ya había empacado. Se situó en el centro de la habitación, vacía ahora de signos de su ocupación. Mañana se despediría de Lady Peddington. Esta habitación, la escuela, incluso sus amigos, quedarían enterrados en el pasado con sus sueños. Si tan solo pudiera desprenderse de los pensamientos de Robert con la misma facilidad.

Miró su vestido. No deseaba ir al baile, y no podía, vestida como estaba, pero permanecer en su habitación le parecía insoportable. Casi sin proponérselo, sus pies se pusieron en marcha, y el resto de ella los acompañó por necesidad.

Con cuidado de no acercarse al vestíbulo del ala delantera, a los pasillos iluminados con velas y al salón de baile, recorrió el edificio, despidiéndose en silencio. Cuando llegó al aula de la señora Millview, situada justo enfrente del salón de baile, se deslizó hacia el interior y encontró el espacio a oscuras.

Emilia giró en un lento círculo. No estaba segura de si estaba decepcionada o aliviada. Le gustaría despedirse de su instructora favorita, pero no quería admitir su fracaso. La señora Millview la había ayudado, arriesgando su posición, y Emilia había desaprovechado esa ayuda. Un hombre fue enviado para ayudarla a encontrar un buen marido, tal como ella había esperado. En lugar de enamorarse de uno de los caballeros perfectamente aceptables que le presentó Robert, se había enamorado de él.

A la luz de la luna, se paseó por la sala y recorrió con sus dedos las largas mesas. Hizo un circuito completo. Los recuerdos de amigos y risas bullían en su mente. Ahora estaban nublados, más oscuros, más tristes, por esta parada en su viaje. Al igual que la sala, apagada por el pálido resplandor de la luz de la luna.

Sus pasos la llevaron de vuelta a las largas ventanas. El roble dormía sin ella. Al otro lado del césped, la luz se derramaba desde el salón de baile, con las ventanas abiertas para permitir la entrada de aire fresco. Empujó uno de los largos cristales que tenía delante y dejó que entraran los suaves acordes de la música. Lágrimas no deseadas brotaron de las esquinas de sus ojos.

Detrás de ella, la puerta se abrió. Emilia se tensó. Si Dunreid o su esposa entraban, ella saldría por la ventana y correría.

—Una de las criadas, Mary, me dijo que te encontraría aquí.

Se le cortó la respiración. Robert. Su corazón dio un salto, pero no pudo alzar el vuelo, y volvió a caer a tierra con dolor.

—¿Por qué quieres encontrarme?

El sonido de sus pasos se hizo más fuerte.

—¿Estás llorando? ¿Puedes mirarme?

— Sí, y no lo haré.

—Emilia—Su voz era áspera, angustiada—. Tengo cosas que explicar.

La música se arremolinaba en el patio, arrastrada por una ligera brisa. Las hojas del roble bailaban al ritmo.

—¿Que aún amas a Lady Cinthia?—No pudo evitar la amargura en su tono—No hay nada que explicar. Ella es perfecta—Por fuera—. ¿Qué hombre no la querría?

—Yo no la quiero.

¿Ahora le va a mentir? Ella miró sus manos, agarrando el alféizar.

—¿Oh? No desde la última vez que la tuviste, cuando estuvo en tu casa, volvió en tu carruaje en... ¿cómo describió el vizconde Dunreid su estado? ¿Despeinada?

—Dunreid no sabe de lo que habla—Dos pasos más, ella pudo sentir el calor de él detrás—. Ella estaba en mi casa. Ella quería...

Su tono era tentativo. Ella podía oír cómo buscaba las palabras adecuadas. El dolor la llenó con la esperanza de que las encontrara.

—Ella quería lo que tú sospechas que quería— dijo finalmente—. No voy a mentir, hace un mes habría dicho que sí, comprometido con la señorita Thomas o no, pero la vizcondesa llegó demasiado tarde. Mi respuesta fue no.

Emilia cerró los ojos. Las lágrimas resbalaron por sus mejillas. Parecía sincero. ¿Cómo podía saberlo? Tenía tantas ganas de creer. ¿Podría confiar en sí misma?

—Me alegré mucho cuando enviaste ese collar.

— No fui yo.

Sus ojos se abrieron de golpe. Se arriesgó a mirar por encima del hombro. Ojos grises serios. Cabello oscuro no tan limpio como de costumbre. Sin afeitar. Parecía miserable, y verlo así llenó su corazón de un nuevo dolor.

—¿No lo hiciste?

—Lady Cinthia lo hizo—Qué fría se volvió su voz cuando su nombre salió de sus labios—. Ella, con razón, sospechaba que yo vería el collar y creería que te habías entregado a Dunreid. Ella fue la que me dijo que él había enviado uno.

—¿Cuándo estaba contigo, en una de vuestras reuniones no tan largas ni escandalosas? —preguntó Emilia, el dolor de imaginarlos juntos demasiado agudo para abandonarlo con facilidad.

Él la rodeó, para colocarse a su lado en la ventana. Un pulgar, de piel ligeramente rugosa, le alisó las lágrimas de la mejilla.

—No la amo, ni la quiero, ni tengo el más mínimo y remoto deseo de volver a mirarla. Jamás.

— ¿Jamás?—La voz de Emilia sonó pequeña. ¿Podría estar diciendo la verdad?

Ladeó la cabeza. Al otro lado del patio, los acordes de un vals se dirigían hacia ellos. La hora era más tarde de lo que ella pensaba. Debería estar encerrada a salvo en su habitación.

—Baila conmigo.

Emilia asintió, incapaz de resistirse. Una mano fuerte sujetó la suya, sin guantes que silenciaran el calor mezclado de sus pieles. Otra mano se deslizó por su cintura. Acercándola, pero con cuidado, como algo frágil, Robert la apartó de la ventana al compás de las notas lejanas. Con su mirada, recorrió los pliegues de su corbata arrugada, sin saber dónde mirar.

Los brazos que la rodeaban eran fuertes, una barricada contra todo lo malo del mundo, algo que la protegía de la tormenta. Ansiaba creer que eran los brazos de un hombre que la amaba.

Pero si creía sus palabras de esta noche, que él no amaba a Lady Cinthia, que ella había enviado el collar para sembrar la discordia entre ellos, eso también significaba que él no había enviado el regalo. Robert nunca había declarado su afecto por ella. Una nueva desesperación se desplegó en ella.

—Emilia—Su voz era suave, extrañamente áspera—. Mírame.

Ella dudó. ¿Podría resistirse a él una vez que mirara esos ojos grises? ¿Deseaba resistirse a Robert?

Emilia levantó la mirada hacia su rostro. Él sonrió. Su atención se dirigió a su boca, a la forma en que se curvaban sus labios, a la barba que le daba sombra a la barbilla. ¿Era así como aparecía cuando se despertaba por la mañana? Levantó la mano de su hombro y le tocó la mejilla. Él se inclinó hacia su caricia. Su rostro se calentó. Ella volvió a dejar caer la mano sobre su hombro, sin aliento.

—No envié el collar, pero debí haberlo hecho— dijo él—. Tuve cien oportunidades, lo que me hace cien veces más tonto por no habértelo dicho antes— Sonrió suavemente—. Te amo.

Ambas mirada se dirigieron al encuentro. Se detuvieron, aunque la música seguía sonando.

—¿Me amas?

Él se deslizó hacia abajo y se arrodilló ante ella. Levantó la mano que aún sostenía en sus labios. Su beso, la presión de sus labios sobre el dorso de su mano en una calidez fugaz, la mareó. Cuando volvió a levantar la vista, sus ojos grises brillaron a la luz de la luna.

—Cásate conmigo, Emilia Glasbarr. Ámame. Envejece conmigo mientras nuestros hijos corren por el patio y elegimos juntos fabulosos caballos de carruaje y visitamos todos los museos, asistimos a todos los recitales. Déjame ser tuyo para siempre.

Nuevas lágrimas acechaban. Se arrodilló ante él y atrajo su rostro hacia el suyo. Su corazón, liberado, voló cuando sus labios se encontraron.

Epílogo

ROBERT, SIN PREOCUPARSE por sus finas ropas ni por los curiosos, bajó del árbol al que se había subido para liberar la cometa de su hijo. Emilia estaba sentada en una elevación cercana, dibujando furiosamente, con un bloc de papel apoyado en su redonda cintura. Muchas mujeres se considerarían demasiado adelantadas para aparecer en público, pero Emilia amaba el sol y los árboles del parque, y su hijo amaba su cometa.

Si tuviera que adivinar, Robert sospechaba que ella estaba captando el momento en que se deslizaba por la rama. Había podido alcanzar la cometa, justo cuando la rama empezaba a hundirse precariamente bajo su peso. Ella no miraba hacia arriba hasta que terminaba; probablemente, ni siquiera había esperado a verle volver al suelo, perfectamente confiada en su capacidad para gestionar la escalada. Sonrió.

Se volvió hacia su hijo y se arrodilló para ofrecerle la cometa roja y brillante.

—Llévale esto a tu madre. Cuando levante la vista de su boceto, pídele que desenrede la cuerda.

—Sí, papá—dijo el niño.

Robert le despejó los rizos rubios y lo hizo girar hacia ella con un suave empujón. Era joven, ni siquiera tenía frases completas y se distraía fácilmente. Robert observó para asegurarse de que llegaba a Emilia. El muchacho se acomodó en la manta junto a ella para esperar con una paciencia sorprendente para un niño.

—Podrías haber enviado a un lacayo a ese árbol.

Se volvió para encontrar a Sir Stirling James de pie contra el telón de fondo de los espectadores que ya se desinteresaban.

—Stirling—saludó Robert, genuinamente complacido—. Nunca me imaginé que visitaras un parque.

—He venido a ver de qué iba la multitud—Stirling señaló hacia la gente dispersándose—. Al parecer, todo el mundo quería ver al inglés loco y rico subirse a un árbol, para ver si podía subir, y bajar, sin abrirse la cabeza.

—Cualquier inglés loco digno de ser conocido como tal puede trepar a un árbol con éxito—Robert se encogió de hombros—. Además, una vez que llegamos al parque, le doy al personal unas horas libres. Con una cesta de picnic, un niño pequeño y la mujer más bella de Escocia, ¿qué podría necesitar que me traiga un criado?

—¿Qué, en efecto?—Los ojos de Stirling brillaron con diversión.

Robert frunció el ceño.

—No has venido a la boda. De hecho, no te había visto desde…--Desde el día en que Stirling sumergió su ser empapado de whisky en una bañera de agua helada.

—Estuve bastante ocupado.

—Bueno, te echamos de menos. Deberías unirte a nosotros. Estábamos a punto de empezar nuestro picnic, tan pronto como mi encantadora esposa deje su cuaderno de dibujo. Ella es bastante hábil. Estoy seguro de que dibujarme tirado en la rama de un árbol no le llevará mucho tiempo.

—¿Estás contento, entonces, Banbrook?— preguntó Stirling.

—Completamente.

—Me alegra oírlo. Pensé que lo estarías.

Robert observó la expresión de suficiencia de Stirling, y la verdad le golpeó como otro chapuzón.

—Por Dios, nunca quisiste que encontrara a nadie para Emilia. Querías que me casara con ella.

La sonrisa de Stirling se volvió socarrona.

—Algunas preguntas es mejor no responderlas.

Robert se volvió hacia su esposa. Ella acarició distraídamente la cabeza de su hijo, mientras seguía dibujando con su mano libre.

—Me has tendido una trampa.

—Alguien tenía que ponerte en el camino correcto.

Robert le tendió la mano.

—Gracias.

Stirling estrechó la mano en un breve apretón.

—Un placer—Entornó los ojos hacia el cielo—. Lástima lo de la vizcondesa Dunreid.

Robert se encogió de hombros. Hacía tiempo que no pensaba en Lady Cinthia. Señaló la colina, indicando a su familia.

—Tengo que confesar que no he tenido tiempo, ni ganas, de estar al tanto del vizconde y su esposa.

—La sorprendió en brazos de otro hombre. La retiró al campo.

—Probablemente no sirva de nada—Dunreid era lo suficientemente inteligente como para saber eso. Más bien, consideraba que el aburrimiento era un castigo adecuado. Robert deseó que ella no pasara su tiempo allí destruyendo la vida de otras personas—. ¿En qué parte del país?

—¿Para que puedas visitarlo?

—Para poder mantenerme alejado, y advertir a todos los que me importan que hagan lo mismo.

Stirling asintió satisfecho.

—Eso me dice todo lo que quería saber— Empezó a darse la vuelta—. Disfruta de tu picnic, Banbrook.

—¿No te unirás a nosotros, entonces?—Robert no estaba seguro por qué, pero tenía la extraña sensación de que no volvería a ver a Sir Stirling James.

—La próxima vez. Me espera un día muy ocupado. Lo hiciste bien, Banbrook—Esto último lo dijo por encima del hombro mientras se unía a los espectadores que quedaban.

Robert parpadeó. De alguna manera, a pesar de la figura dominante que era, tan delgada entre la multitud que había crecido, Stirling ya había desaparecido. Con un movimiento de cabeza, sintiéndose casi como si hubiera imaginado el encuentro, Robert se dirigió a la colina para hacer un picnic con su hijo de cabello dorado y su hermosa esposa.

Un vistazo a la pagina web Descarado

El Casamentero
Libro Seis

Reglas de Refinamiento

Tarah Scott

Ningún caballero se enamora de su amante. Él no es un caballero...

Como hija de una conocida madame, Juliet Thatcher sabe más de los hombres de lo que le interesa, por lo que no tiene intención de seguir los pasos de su madre. Juliet acepta la petición de su madre de que asista a la Escuela para Señoritas de Lady Peddington para prepararse para la vida como cortesana. Espera que el año escolar le dé tiempo para convencer a su madre de que le permita seguir una carrera como modista.

Capítulo uno

¿Qué más puede pedir una chica?

JULIETA ENTRECERRÓ LOS OJOS POR EL SOL DE LA MAÑANA que entraba por la ventana abierta detrás de la mesa de estudio de Lady Honoria Peddington. Unas risas femeninas surgieron del modesto patio mientras Honoria se levantaba y bordeaba el gran escritorio de caoba con patas de garra hasta llegar a donde Julieta se encontraba en la alfombra verde oscuro con estampado de cachemira. Para ser una mujer de casi cincuenta años, Honoria era extraordinariamente bella, con sOlo un mínimo indicio de canas en su cabello pelirrojo.

Observó a Julieta con una mirada crítica.

—Riza tus mechones en unos rizos adecuados para esta noche.

—Esta noche... —Julieta se interrumpió cuando Honoria rozó uno de los mechones con los dedos.

—Quiero ver cómo la luz de las velas baila en esos mechones dorados—Honoria comenzó a caminar lentamente alrededor de Julieta, como si estuviera inspeccionando un caballo que deseaba comprar.

Con la verdadera Lady Peddington haciendo su circuito, Julieta se quedó mirando el gran retrato al óleo de Lady Peddington que adornaba la chimenea. A su espalda, colgaba una colección de pequeños retratos de los nobles locales de Edimburgo. Imaginó el chasquido colectivo de los señores cuando Honoria llegó a la cara de Julieta y le agarró la barbilla, inclinando la cabeza hacia un lado.

—Píntate los labios de un tono más oscuro de rojo. Tu mohín lo volverá loco.

¿A él?

Los latidos de su corazón se aceleraron.

Honoria la soltó.

—Y delinea tus pestañas inferiores. Tus ojos azules son uno de tus mejores rasgos—Dio un paso atrás y cruzó los brazos—. Conocerás al Duque de Hamilton esta noche en el Baile de Medianoche.

—¿Baile de Medianoche, el duque de Hamilton?—La ira la invadió, seguida del miedo. De todas las cosas que la directora y fundadora de la Escuela de Señoritas de Lady Peddington podría haberle lanzado, Julieta no había imaginado esto.

—¿Así que el tristemente célebre duque de Hamilton pretende convertirme en su amante?—Julieta forzó una sonrisa y añadió con una doble dosis de sarcasmo:—¿Por qué, tía Honoria, qué más podría querer una mujer?

—Poco, ciertamente —dijo ella, ignorando la burla de Julieta.

—Seguro que recuerdas que vuelvo a Londres por la mañana—dijo Julieta—No tengo tiempo para bailes, ni para duques.

Honoria la miró fijamente.

—No insistí en que asistieras al primer baile, pero debo insistir en que asistas a éste.

—Solo los caballeros que buscan asociaciones poco honorables asisten a tus bailes de medianoche. Sabes que eso no es lo que quiero.

—No hay nada deshonroso en un acuerdo entre adultos—respondió Honoria sin inmutarse—. El duque te esperará a medianoche. No es un hombre al que le guste que le hagan esperar.

Su corazón se hundió. El duque de Hamilton. Su retrato no colgaba en la pared junto a la ilustre nobleza de Edimburgo. Sin embargo, Julieta había oído hablar del hombre. ¿Quién no lo había hecho? Su reputación le precedía. Era atrevido, guapo, escandalosamente rico y «nunca ha estado con una mujer más de seis meses»—Terminó Julieta su pensamiento en voz alta.

—Hay una primera vez para todo—dijo Lady Peddington.

Lady Honoria Peddington no era realmente su tía, pero era lo más parecido a un pariente que tenía Julieta. La tía comenzó su carrera en el mismo burdel que la madre de Julieta, donde habían formado un vínculo fraternal. Con el paso de los años, ambas mujeres habían cumplido sus sueños. Honoria Peddington—nacida como Honey Pedding—se trasladó a Edimburgo y abrió la Escuela de Señoritas de Lady Peddington. La madre de Julieta se mudó a Londres y abrió la Casa del Placer de Lady Afrodita, la casa de la infancia de Julieta.

Honoria sonrió suavemente.

—No hay nada malo en conocer al hombre.

—No soy tonta—espetó Julieta. Señaló con la cabeza la ventana abierta donde sus compañeras reían en el pequeño patio de abajo—. Puede que no conozcan los peligros de un Baile de Medianoche, pero no tienen a una madame por madre, ¿verdad?

—Mi querida niña—Lady Peddington golpeó fuertemente con los nudillos el escritorio a su lado—

. Baja la voz. No podemos permitir que se escuchen esas palabras.

Julieta resopló de nuevo, pero respondió en voz baja:

—No me quedo en Edimburgo, tía. Me voy pronto a Londres.

Honoria le dirigió una mirada astuta.

—No estás más ansiosa por volver a casa ahora que ayer.

El corazón de Julieta se estrechó. Su tía decía la verdad. Se sentía más a gusto aquí que en cualquier otro lugar en el que hubiera vivido. El año había pasado demasiado rápido. Julieta echó una mirada nostálgica a las estanterías repletas de volúmenes encuadernados en cuero sobre conducta y etiqueta. Los había leído todos, o lo había intentado. A decir verdad, la habían adormecido mejor que cualquier posesión.

Tenía un plan para evitar el destino que le esperaba en casa de su madre. Había pasado el año escolar fomentando las relaciones con las jóvenes que pronto dirigirían sus propios hogares. Necesitarían una modista. Tenía la intención de convencer a su madre de que la dejara intentar convertirse en modista antes de verse obligada a vivir como cortesana.

Julieta se encontró con la mirada de su tía.

—¿Por qué conocer a este caballero justo cuando me voy, tía Honey… Honoria?—Después de un año, todavía se le resbalaba—¿Has vendido mi virginidad al mejor postor?

Su madre había intentado precisamente eso el año anterior. Había subastado a Julieta a un banquero de mediana edad, un hombre con una barriga del tamaño de un toro, que además olía como tal. Había evitado por poco la cama del hombre convenciendo a su madre de que un año en la escuela de Lady Peddington le permitiría cobrar el doble de la cantidad de una clientela mejor pagada.

Julieta se dio cuenta de que Lady Peddington estaba hablando.

—…la atención de Sir Stirling, Julieta. Le pidió específicamente que asistieras al baile de esta noche y conocieras al duque.

Julieta frunció el ceño.

—¿Sir Stirling James?—Solo había visto al hombre una vez, y desde una gran distancia. Uno de los instructores lo había señalado durante una excursión de vacaciones autorizada en Edimburgo, cuando pasó corriendo en un carruaje brillante. "¿Dónde podría haberme visto? ¿Cuándo? ¿Cómo? He seguido las reglas, tía Honoria. No le he dicho nada a nadie". ¿Cómo podría hacerlo? Los compañeros de clase se desmayarían si descubrieran que se había criado en un burdel. Una nueva idea la asaltó y bajó la voz a un susurro muy bajo:

—No es uno de los clientes de mamá, ¿verdad?.

—Cielos, no—Lady Peddington sacudió la cabeza enérgicamente—. Nada de eso.

—Entonces, ¿por qué querría convertirme en la amante del duque?—Julieta siseó.

—No estoy del todo segura, niña—susurró Lady Peddington. Señaló con la cabeza la ventana abierta y esperó a que salieran más risitas antes de añadir:—Sir Stirling es un viejo amigo... pero no esa clase de viejo amigo—añadió rápidamente cuando Julieta abrió la boca para hacer esa misma pregunta. Su tía la miró con complicidad—. Te has portado bien aquí en Edimburgo, pero ¿qué pasa con Londres?

Julieta hizo una mueca de dolor. Ay, Londres.

—He sido el retrato de la corrección social, tía, lo juro—mintió—.

Después de todo, ¿qué significaba la molesta palabra «corrección»? Todo el mundo que había conocido tenía una opinión ligeramente diferente sobre el asunto. Y, en realidad, ¿quién podía decir que colarse en las fiestas de Londres sin ser invitada para frecuentar las mesas de juego era realmente impropio? Había tenido la precaución de llevar una máscara veneciana para proteger su identidad. Después de todo, había conocido a más de un jugador en el burdel mientras crecía. Le habían enseñado muchos trucos de cartas a lo largo de los años. ¿Por qué no iba a poner en práctica esos conocimientos? Aquel verano había sido una figura misteriosa y popular en Londres, y había ganado una buena suma, casi suficiente para abrir su propia tienda de ropa. Casi.

—¿Qué has hecho, niña?—insistió su tía.

—Nada—mintió de nuevo.

La mirada de Honoria pareció penetrar hasta su alma.

—¿Por casualidad te has enamorado en Londres o...?

Julieta puso los ojos en blanco.

—En serio, ¿cómo puedes preguntar? El amor es una palabra que se lanza con demasiada facilidad. No estoy dispuesta a levantarme las faldas por ningún hombre. Jamás.

Su tía se rio como si estuviera aliviada.

Julieta enarcó una ceja con desconfianza.

—Todavía me siento como si me hubieran vendido como tu vaca más preciada.

—Tonterías. Sir Stirling es un casamentero.

—Que busque pareja en otra parte—Julieta sacudió la cabeza y se dio la vuelta para irse.

—Julieta, escúchame.

Julieta hizo una pausa, luego miró a Honoria.

Su tía se adelantó.

—Tu sangre corre caliente, demasiado caliente para cualquier hombre. Lo sé. Deberías abrazar esa pasión. De hecho, florecerás bajo el toque del hombre adecuado. Si los rumores sobre el duque Hamilton son ciertos...

—No, gracias—dijo Julieta.

—Piénsalo—susurró su tía, con los ojos encendidos de expectación—La amante de un duque. Un hombre con la riqueza del duque te proporcionaría no solo una casa privada, sino también una asignación anual. Ni siquiera tu madre soñó con algo tan alto para ti.

La alarma recorrió a Julieta.

—No se lo has dicho a mamá, ¿verdad?—Las palabras salieron disparadas antes de que pudiera detenerlas.

Demasiado tarde, Julieta se dio cuenta de su error. Un brillo calculador entró en los ojos de Lady Peddington. El corazón de Julieta se hundió. Acababa de entregarle a su tía la victoria en bandeja de plata. Ya no había forma de recuperarse. Honoria sabía que Julieta haría cualquier cosa por evitar que su madre se enterara del interés del duque.

—Hagamos un trato—se rindió Julieta.

Una sonrisa torció la boca de la mujer mayor.

—¿Tan poco te he enseñado este año? Una dama nunca negocia como una pescadora.

Julieta lanzó a su tía una mirada suplicante.

—Haré lo que me pides. Asistiré al Baile de Medianoche y bailaré con este duque. Le entretendré, tal y como deseas, sin acostarme con él. Pero mamá no puede saberlo. Por favor, tía Honoria.

Lady Peddington tomó asiento primorosamente.

—Sir Stirling pidió específicamente que jugaras una partida de comercio con el duque, y que debes ganar.

¿Cartas? Julieta parpadeó. Así que Sir Stirling la había visto en las fiestas de Londres... ¿pero cómo la había reconocido? Ella siempre había llevado una máscara. Cielos, ¿la había hecho seguir? El horror la invadió.

—Deberías saber—continuó su tía—que el duque de Hamilton nunca pierde.

Julieta respiró profundamente y dejó de lado sus preocupaciones.

—Hasta ahora—respondió. Hacía años que no perdía una partida, no con las herramientas que tenía a su disposición.

Lady Peddington sonrió.

—Mantén al hombre contento. Es solo una noche. Hazlo y tu encuentro con el duque seguirá siendo nuestro secreto.

—Bendito sea—Julieta soltó un suspiro de alivio.

Salió rápidamente del estudio. Oh, Honey Pedding era una astuta. Había manipulado la conversación para salirse con la suya. Julieta hizo una mueca. Había sido criada por mujeres así. ¿Cómo había caído tan limpiamente en la red?

Al final de la escalera, se detuvo y miró por la ventana a las jóvenes que seguían charlando en el patio. En la última semana, la mayoría había encontrado pretendientes, hombres honorables que ofrecían matrimonio, no duques que buscaban amantes. Cuando las muchachas soltaron una nueva carcajada, Julieta sacudió la cabeza. Sabían poco de los hombres. Había visto suficientes hombres en el burdel de su madre como para conocerlos como las criaturas que realmente eran: tontos de remate centrados únicamente en el placer carnal.

El duque de Hamilton no sería diferente. Ella aprovecharía esa lujuria en su beneficio. Se pondría su mejor vestido. Coquetearía, se lamería los labios, levantaría los pechos y enseñaría los tobillos. Exponiendo un poco de carne podría hacer hervir la sangre del duque. En un abrir y cerrar de ojos, ella lo tendría pensando con su miembro. Luego, le ganaría a las cartas, tomaría su dinero y desaparecería.

Capítulo dos
Una apuesta muy interesante

—NO HAY MUJER VIVA que pueda mantener mi interés lo suficiente como para que quiera casarme con ella, Stirling.

Carrick Hamilton, duque de Hamilton y Señor de la Lennoxlove House, se paró en el borde del césped, encajó una flecha en su largo arco y apuntó. La cuerda del arco retumbó, y la flecha se enterró en el centro de la diana a más de cien metros de distancia.

Sir Stirling James, marqués de Roxburgh, que descansaba bajo un antiguo roble, soltó un silbido bajo—Impresionante.

Carrick colocó su arco en una mesa cercana, junto a una colección de dagas, arcos y flechas, cualquier cosa que pudiera lanzar al blanco. El sol era cálido, el cielo azul, el viento, inexistente. En definitiva, un día perfecto para practicar el tiro al blanco en la Casa Crenshaw. Entonces, ¿por qué estaba luchando con un estado de ánimo oscuro? Tal vez, debería acortar su visita a Edimburgo y volver a casa. Se estiró el cuello y se apartó el pelo oscuro de la frente.

—¿Qué estabas diciendo? Ah, sí. Las mujeres—Carrick frunció el ceño—. ¿Por qué estamos hablando de mujeres?

—He dicho que simplemente no has conocido a la adecuada—Un brillo divertido iluminó los ojos de Stirling.

Carrick soltó una carcajada.

—Apostaría mi mejor caballo a que no hay ninguna mujer «adecuada» para alguien como yo.

—Acepto la apuesta—Stirling sonrió—. La respaldaré con ese roano rojo que has estado deseando.

Carrick lanzó una mirada de sorpresa a su amigo.

—No estás bromeando.

—En efecto, no lo estoy—respondió Stirling—. Ya la he encontrado.

Carrick levantó una ceja. Llevaba dos años detrás de Stirling para que le vendiera ese roano rojo. Apoyó una cadera en la mesa de armas y se cruzó de brazos.

—¿Quién es ella?

Stirling dejó la sombra del árbol y se unió a él.

—Casarse con ella será bastante complicado.

Carrick se enderezó.

—¿Casarse? Uff, esto es una broma, después de todo.

—Créeme, es una con la que querrás casarte—aseguró Stirling—. Nunca he visto una pareja más perfecta.

Carrick hizo una mueca—¿Matrimonio?—Recogió su arco largo y seleccionó otra flecha—El deber dicta que algún día me case, pero no veo que eso ocurra pronto—Enganchó la flecha y apuntó.

Stirling se rió—Lo que necesitas es una mujer que te ponga de rodillas.

El disparo de Carrick salió para cualquier parte.

Stirling sonrió y le dio una palmada en la espalda.

—Estoy deseando ver a tu semental en mis establos—Giró sobre sus talones y se dirigió hacia la casa.

Carrick frunció el ceño.

—¿Cuándo conoceré a esta arpía?

—Esta noche—comentó Stirling por encima del hombro—. En el Baile de Medianoche de Lady Peddington.

"¿Un baile de medianoche?", pensó Carrick. Stirling había dejado la sorpresa más deliciosa para el final. Sonrió. Sí, le apetecía pasar la noche con una mujer, especialmente con una que asistía a bailes de medianoche.